CLAIRE SUPIOT

SIRÈNE OLYMPIQUE

CLAIRE SUPIOT
SIRÈNE OLYMPIQUE

EN COLLABORATION
AVEC CHRISTÈLE BOURDEAU

Éditions **OUEST-FRANCE**

SOMMAIRE

PROLOGUE

Pourquoi écrire mon histoire ? Je pourrais vous citer des tas de bonnes raisons.

Parce que le 25 août 2021, je suis devenue la première athlète française à avoir participé aux Jeux olympiques – c'était en 1988 à Séoul – puis trente-trois ans plus tard aux Jeux paralympiques, à Tokyo.

Parce qu'en tant que marraine de l'association CMT-France, c'est un moyen de donner une meilleure visibilité à la pathologie neurologique dégénérative dont je suis atteinte : Charcot-Marie-Tooth. C'est aussi l'occasion de montrer aux malades que tout reste encore possible malgré le handicap.

Parce que malgré mon âge relativement avancé – mûr, diront certains de manière élégante –, je suis toujours dans la ligne d'eau à la recherche de la meilleure performance et que je compte bien être sur le plot de départ du 400 mètres nage libre, aux Jeux paralympiques de Paris.

Mais en réalité, l'idée ne vient pas de moi. C'est Richard, mon préparateur mental qui me l'a soufflée. Un jour d'avril 2021, il m'avait ramassée à la petite cuillère et en quelques semaines m'avait remise sur pied pour me permettre d'entrer dans l'histoire du sport français. Richard m'avait sauvée, il avait mon entière confiance.

J'ai pris le temps d'y réfléchir. Tous les handisports ont une histoire, ce sont tous des guerriers. Parfois, l'un d'entre eux va l'écrire car il a une belle gueule, un réseau. D'autres ne le font pas, même s'ils sont magnifiques. Et moi, où me situais-je ? Qu'avais-je à raconter ? J'ai 56 ans, un âge où j'ai envie que ma vie soit retracée. L'idée, classique, banale, c'est de laisser une trace, un écho. Mais était-ce suffisant comme raison ? Puis je me suis souvenue d'un bilan de compétences que j'avais réalisé après l'annonce de ma maladie. Il en était ressorti que j'essayais toujours d'avancer dans un souci d'équilibre. Un demi-siècle plus tard, avais-je réussi ?

LA FILLE DE LA POSTIÈRE ET DE L'ÉLECTRICIEN

Je suis née en 1968, année bissextile. Par césarienne. Le médecin avait laissé à ma mère le choix de la date : le 28, le 29 février ou le 1er mars. Elle n'a pas hésité longtemps : *« Pas question qu'elle naisse le 29 ! On ne saura jamais quand lui souhaiter son anniversaire et elle ne sera jamais comme les autres.»* J'ai donc vu le jour le 28 février 1968, parce qu'il fallait à tout prix entrer dans les cases, surtout ne pas sortir du cadre.

Impossible de parler de moi sans évoquer d'abord l'histoire de ma famille, car je suis le produit de l'éducation de mes parents, un mélange complexe de conventions et d'esprit de liberté. J'ai été aimée, entourée, mais pas forcément par des personnes sûres d'elles. J'ai hérité de toutes les angoisses de ma mère et du laxisme de mon père, même si je me suis soignée au fil des années.

Joseph et Annie.

Mon père et ma mère se sont rencontrés, très jeunes, au patronage, aux Ponts-de-Cé, une sorte d'ancien foyer des jeunes. Ils se sont installés à Juigné, village du bord de Loire, quand j'avais deux ans. Mon frère, Marc, était né cinq ans auparavant, en 1963.

Maman tenait l'agence postale de la commune. Mon père était électricien. Un jour, alors que j'avais chuté à vélo dans les bas de Juigné-sur-Loire et que je m'étais écorché les mains, un monsieur m'avait relevée et demandé mon nom. Au lieu de dire *« Je m'appelle Claire Supiot »*, je lui avais répondu : *« Je suis la fille de la postière. »* C'est ainsi que je m'identifiais. La fille de la postière et de l'électricien. Jusqu'à l'accident de travail de mon père. Une gaine lui a perforé l'œil alors qu'il travaillait sur un chantier. Il lui a fallu se reconvertir. Il est devenu agent de reprographie à l'UCO, l'Université catholique de l'Ouest, la faculté privée d'Angers.

Maman nous intimait, à mon frère et moi, de dire bonjour à chaque personne que l'on croisait dans la rue car elle connaissait tout le monde et on se devait d'afficher une politesse exemplaire. C'était un petit bout de femme, qui mesurait 1,48 mètre et pesait pas loin de 78 kg à la fin de sa vie. Elle avait été soignée en sanatorium, juste après son mariage, et le traitement à la cortisone l'avait transformée. Elle avait pris énormément de poids.

Certaines personnes l'appelaient « Madame sans-gêne » et on la jugeait pète-sec, car elle disait ce qu'elle pensait et n'y allait pas avec le dos de la cuillère. Elle était parfois piquante, un peu comme moi. Ça fusait, mais elle dégageait une autorité, un charisme naturel qui inspiraient le respect. Elle avait un superbe port de tête, marchait droit, le regard perçant et pas facile.

Maman était pétrie de peurs et manquait cruellement de confiance en elle, mais elle n'en montrait rien. Enfant, son accent bordelais – région dont elle était originaire – lui avait valu beaucoup de moqueries de la part de ses camarades. Elle en gardait un sentiment d'humiliation qu'elle cachait sous une grosse carapace. Elle tenait tête aux gens du voyage qui embêtaient mon frère, et les houspillait quand elle retrouvait les vêtements qu'elle leur avait donnés et qu'ils avaient ensuite jetés sur le bord de la route. Elle a passé son permis de conduire très tard car prendre le volant lui causait des angoisses. Elle a dû le rater deux ou trois fois. Elle conduisait bien, mais elle garait la voiture tout au bout du parking, là où il n'y avait personne, pour s'éviter un créneau ou un stationnement en épi. Il nous fallait alors marcher pour rejoindre notre destination. Au moins, maintenant, avec ma carte handicapée, je suis tout pile devant les portes.

Papa était colérique. Il partait vite dans les tours mais ne savait pas toujours comment revenir. Maman disait : *« Il bougonne. »* Elle le laissait ruminer et faire le premier pas quand il était prêt. Il était aussi bordélique.

Comme lui, j'ai longtemps laissé un bazar innommable autour de moi. Une bordélique organisée, mais une bordélique quand même. Je finissais toujours par retrouver mes affaires à peu près là où je les avais laissées, mais c'était une habitude détestable.

Mon père et ma mère étaient indissociables, unis par une grande complicité et une profonde solidarité. Quand on demandait quelque chose à l'un, l'autre nous disait : *« Papa a dit quoi ? »* ou *« Maman a dit quoi ? »* Tu ne pouvais pas jouer là-dessus. Ils veillaient à la bonne entente à la maison et évitaient les conflits entre nous. Chacun était l'ombre de l'autre. Ils ont ouvert la mixité à l'école Saint-Germain en imposant maman dans l'association des parents d'élèves. Ils venaient tous les deux aux réunions. C'étaient les seuls à se déplacer en couple.

Lorsque nous étions enfants, papa a fait un vrai choix de vie. En tant qu'électricien, il a décidé de ne plus faire de déplacements malgré la lourde perte de salaire occasionnée : il ne se voyait pas laisser sa famille. Financièrement, ce n'était pas évident, car, ensuite, ils ont compté toute leur vie.

Pourtant, même avec leurs deux salaires d'ouvriers, ils m'ont permis de faire du sport de haut niveau. Très vite, j'ai compris que je ne pouvais pas abuser de ça. Je n'ai jamais entendu le moindre reproche du genre : *« On se saigne pour toi ! »* Jamais. La seule chose qu'ils m'ont demandé c'est d'aller jusqu'au bout mais toujours avec une certaine sagesse. Quand je les appelais en décembre, du Creps, le centre de formation à Dinard, en leur disant que ça n'allait pas – c'était un mois que j'avais toujours du mal à supporter : j'étais fatiguée, loin d'eux – ils me répondaient invariablement : *« Finis ton trimestre. »* Un pas après l'autre, sans brusquerie ; c'était leur méthode, douce mais efficace.

Nos parents étaient nos piliers. Ils nous ont forgés, Marc et moi. Ils ne se sont jamais apitoyés face aux épreuves et aux douleurs. Je n'ai aucun souvenir d'un membre de ma famille qui pleurait car il n'arrivait pas à faire quelque chose. Au contraire, il leur arrivait même d'en rire.

L'œil de verre de papa était un système de coquille incurvée qu'il fallait nettoyer régulièrement. Un jour, maman a lâché la coquille, qui a fait un aller-retour dans la baignoire sabot. La vue de cette prothèse oculaire qui s'offrait un tour de manège l'a profondément amusée. À chaque fois qu'elle le racontait, elle en pleurait de rire.

À la fête foraine, quand papa tirait à la carabine, les forains s'évertuaient à lui dire : « *Fermez un œil, ce sera plus facile.* » Et papa de répondre : « *Non, c'est bon, je gère* », sans préciser qu'il avait un œil de verre, car il n'était pas question d'en faire cas.

Son œil de verre ne m'a jamais dégoûtée. Au contraire, il m'arrivait même de jouer avec ses prothèses usagées. J'aimais les toucher, les tenir dans ma main, et j'étais fière de les montrer aux copains. Je leur mettais sous les yeux en leur disant : « *Mon œil.* » Moi aussi, ça pouvait me faire rire.

J'étais haute comme trois pommes quand l'accident s'est produit. Je revois papa, allongé sur son lit d'hôpital après son opération, avec un gros pansement sur l'œil, le droit il me semble – comme disait maman en partant dans un grand éclat de rire : « *Je n'ai jamais su lequel c'était !* » Je revenais de la foire Saint-Martin – la fête foraine d'Angers – d'où j'avais rapporté un jeu rigolo mais usant pour les nerfs : un petit bonhomme qui descend d'une échelle, encore et encore. « *Regarde papa.* » Son œil valide ne pouvait pas suivre et il avait une affreuse migraine. Ça l'a rendu fou.

Il a hurlé : *« Ôte-moi ça de ma vue ! »* Avec le recul et la connaissance que j'ai désormais du handicap, je comprends mieux sa réaction. C'est aussi comme ça que j'ai appris naturellement à faire attention à ceux qui en sont porteurs.

Le handicap a toujours fait partie de ma vie.

La maladie de Charcot-Marie-Tooth, je la dois à la branche paternelle. C'est une maladie héréditaire et dégénérative qui affaiblit tellement les muscles des jambes, que tu finis par marcher comme une aigrette, ce grand héron blanc avec ses pattes fines ressemblant à des échasses. Elle peut aussi toucher les bras. Mon père, mon frère et mon oncle Jean-Paul en sont atteints également, à des degrés divers. Je pense que mon père a développé la maladie très tôt mais qu'il n'en avait pas conscience. Au football, personne ne le voulait dans son équipe parce qu'il n'arrivait pas à courir. Il monnayait sa place avec un paquet de cigarettes. On disait de lui : *« Jojo, il a loupé la petite marche. »* Une façon de dire qu'il se prenait souvent les pieds dans le tapis. Plus tard, les mauvaises langues ont compris que c'était certainement dû à la pathologie. Il a fait ses premiers tests à l'âge de 40-45 ans.

Maman, elle, souffrait de son obésité, de cet excès de poids que l'on ne peut pas combattre, qui rend malade, car on ne peut pas se déplacer, car on ne peut pas tout porter, car il faut accepter le regard des autres. Elle prenait deux kilos rien qu'en lisant le menu. Avec tous les régimes qu'elle a fait, elle a bien dû perdre cent kilos… qu'elle a tous repris et même plus encore. Elle en était malheureuse, à tel point qu'un jour, elle m'a dit : *« Ma chérie, je ne veux pas que tu me ressembles. »* Cette phrase, c'est ce qui était le plus dur à entendre. Et c'est peut-être pour cela que je suis aussi rigoureuse sur mon alimentation et que je surveille autant celle de mes proches. Mon mari, Frédéric, me dit souvent : *« Tu ne manges pas, tu te nourris. »* C'est vrai que j'apprécie davantage un légume cuit à la vapeur qu'un pain au chocolat. Et que la prise de poids a longtemps été une obsession.

À cette époque, l'autre femme de ma vie, c'est ma tante, la sœur de papa. Elle s'appelait Marie-Thérèse mais préférait Thérèse. C'était une femme magnifique, avec des yeux d'un bleu profond. Elle était célibataire, prof, au service des enfants. Élevée avec trois frères, elle avait une voiture, et fumait des cigarettes. Du jour au lendemain, elle s'est retrouvée clouée à dans un fauteuil. C'est arrivé au retour de vacances à l'étranger. Les médecins ont dit qu'elle avait chopé un virus après avoir bu de l'eau contaminée. En vérité, on n'a jamais vraiment su. Elle a été hospitalisée. Trachéotomie. Elle était au plus mal et a bien failli passer de vie à trépas. Mes parents m'ont toujours dit qu'elle s'en était sortie grâce à la famille, qui était à son chevet matin et soir.

Elle a récupéré son écriture au prix de nombreux efforts. Ses jambes, elles, ne sont jamais revenues. Ça ne l'a pas empêchée d'essayer de faire un maximum de choses : elle a skié, a été une des premières enseignantes de l'académie à enseigner en fauteuil. C'était une femme d'une force incroyable. Je ne supportais pas, quand je me promenais avec elle en fauteuil et qu'on rentrait dans un magasin pour acheter un vêtement, que les vendeuses s'adressent à moi plutôt qu'à elle. Je leur disais : *« Vous savez, elle comprend tout. Vous pouvez lui demander directement. »* Le handicap paralyse les jambes, pas la tête. En l'occurrence, celle de ma tante était très bien faite.

Ma tante disait qu'on avait toute la vie pour apprendre, mais elle disait aussi que pour avancer, il fallait un vélo à sa taille. Elle a eu une grosse influence sur nous tous. Dans notre famille, surtout du côté de mon père, on agit les uns sur les autres, mais jamais de manière brusque.

Cette influence est basée sur l'amitié, l'amour et l'ouverture d'esprit. On émet des avis mais pas de jugement. Mon caractère, c'est un mélange de toutes ces personnes.

La plupart sont mortes aujourd'hui. Ma mère, à l'âge de 56 ans, d'un cancer de l'ovaire et papa, douze ans plus tard, d'une tumeur cérébrale ; Thérèse, il y a cinq ans je crois. C'est terrible, je ne me souviens jamais des dates... Je suis trop occupée à vivre dans le présent. En quelques années, j'ai perdu une dizaine de membres de ma famille. Mais ce qu'ils m'ont transmis : l'importance de la famille, l'acceptation du handicap, le sens de l'humour..., tout cela reste bien vivant en moi.

Mes parents me manquent. Vingt-cinq ans après, j'ai encore ce réflexe de vouloir appeler ma mère quand quelque chose de bien ou de moins bien m'arrive, comme je le faisais quand elle était encore de ce monde. Tous les deux, c'était vraiment mes piliers.

« VAS-Y, ON N'EN PEUT PLUS ! »

À cette époque, j'ai quatre ou cinq ans, et je ressens une grosse frustration à voir mon frère s'ébattre dans l'eau. Je ne comprends pas qu'il ait le droit d'y aller, et pas moi.

Étrangement, mon histoire avec la natation est née d'un drame, survenu en juillet 1969. J'avais un peu plus d'un an quand dix-neuf enfants du centre de loisirs de Mûrs-Érigné, une commune voisine, se sont noyés dans la Loire. L'accident a eu lieu dans les bas de Juigné-sur-Loire, pas loin de la maison que nous habitions avec mes parents. C'était une chaude journée d'été. On dit bien qu'on ne se baigne pas dans la Loire, mais les enfants voulaient se rafraîchir dans le fleuve. Un banc de sable a cédé, et dix-neuf enfants ont disparu. Ils ont été emportés par le courant. Les parents se connaissaient. Toute la région a été traumatisée. À la suite de cette catastrophe, l'État a lancé une grande campagne de sensibilisation dans les communes pour inciter les enfants à apprendre à nager. C'est comme ça que mon frère, Marc, qui a cinq ans de plus que moi, a commencé la natation.

À cette époque, j'ai quatre ou cinq ans, et je ressens une grosse frustration à voir mon frère s'ébattre dans l'eau. Je ne comprends pas qu'il ait le droit d'y aller, et pas moi. Je harcèle mes parents : *« Moi aussi, je veux y aller, je veux y aller ! »* Jusqu'au jour où ils cèdent : *« Vas-y, on n'en peut plus ! »* Ils demandent une dérogation au maître-nageur, et je fais mon entrée dans le petit bassin de la piscine de Jean-Bouin.

À sept ans, je suis la plus jeune nageuse d'Angers Natation. Il y a du beau monde au sein du club. Catherine Charles, qui deviendra plus tard entraîneuse de natation synchronisée et fera les belles heures de la discipline, encadre les cours de natation. Elle compte Marc parmi ses élèves, mais aussi Frédéric Delcourt, futur vice-champion olympique du 200 mètres dos aux JO de Los Angeles en 1984. Je me souviens encore de ses yeux, d'un bleu intense. Ce soir-là, c'est l'assemblée générale du club. Catherine Charles me remet sa médaille. Je ne sais plus pourquoi elle avait reçu cette récompense, mais elle me la donne. Ma toute première médaille, reçue des mains de cette grande dame de la natation ! C'est une sorte de médaille d'encouragement, qui ne vient célébrer aucune victoire, mais peu m'importe. Elle marque pour moi mon entrée dans le cercle de la natation et me dit que je peux aller en chercher d'autres. À sept ans, je suis petite, bouboule mais tellement fière !

Jusqu'au milieu de l'adolescence, je n'ai pas un physique facile. Je suis enrobée, comme on dit. Dans le milieu fédéral, on ne mise pas un kopeck sur moi, parce que je n'affiche pas un look sportif de nageuse. Je n'y pense pas vraiment à ce physique disgracieux et dissonant. À la maison, j'ai l'exemple de maman, petite femme enrobée au caractère affirmé qui sait s'imposer quand il le faut, et que j'admire. Mon apparence n'est pas un handicap et ne me décourage pas. Je ne fais qu'une chose : nager, encore et encore, sans me juger. Je vais chercher les médailles, sans ambition démesurée mais avec envie.

Je suis seule. Je n'ai pas de copains ni de copines. Les gamins entre eux se reconnaissent. Moi, je suis un peu garçon manqué. J'adore courir, être dans les bois ou dans l'eau. On ne m'invite pas aux anniversaires. Je m'en fous car le mercredi, je nage. En fait, je suis mon frère. Marc s'entraîne, je l'imite. Ce sont des habitudes qui se mettent en place, je ne réfléchis pas. Je nage avec des plus âgés, mais ce n'est pas un problème. Je baisse la tête, je tourne les bras, je flotte, je suis bien. Je fais des compétitions et je gagne, d'abord, au niveau départemental puis régional.

Au début, les entraîneurs ne voient rien en moi. À y regarder de près, je n'ai aucune prédisposition, aucun talent manifeste. Mon entraîneur Gilbert Masset, un montagnard qui a exercé quelques années à Angers, dira même un jour à une journaliste que lorsqu'il m'a connue, entre dix et treize ans, je ne savais même pas nager le papillon ! J'ai quand même un doute.

Certes, je n'excellais peut-être pas dans cette nage à l'époque, mais vu mon parcours ultérieur, mes titres de championne de France et mon expérience olympique, je ne devais pas être aussi mauvaise que ça. Je lui dois beaucoup car j'ai énormément travaillé avec lui, mais quand il a rejoint ses montagnes, il m'a aussi rendu une fière chandelle. S'il n'avait pas arrêté, je ne serais probablement pas partie en sport-études et je n'aurais pas eu la carrière qui fut la mienne.

La natation est une telle évidence que je souhaite rejoindre une section sport-études dès mon entrée en sixième. À cette époque, seuls les établissements scolaires publics les proposent. Je dois normalement intégrer le collège Jean-Vilar à Angers, mais mes parents refusent de m'y envoyer. Je sors de Saint-Germain à Juigné-sur-Loire et ils tiennent à me voir poursuivre dans le privé. Ils demandent au collège Saint-Augustin, situé juste en face de la piscine Jean-Bouin, de m'accorder des horaires aménagés pour pouvoir suivre les plages d'entraînement de Jean-Vilar. Ils acceptent. C'est une première ! Trois ans plus tard, ce sera le même casse-tête lorsque je partirai à Dinard en sport-études, en cours de trimestre, après le départ de mon entraîneur Gilbert Masset, qui abrège sa dernière saison à Angers. Venant du privé, j'aurais dû passer des examens pour intégrer le collège public breton. Finalement, mes parents feront intervenir une personne de la section Jeunesse et sport, qui facilitera grandement les choses.

À l'école, je suis une élève normale. Je ne force pas mon talent et je n'ai pas l'impression de travailler. Mes bulletins affichent des moyennes de douze ou treize sur vingt : le minimum pour continuer à nager sans la pression du redoublement. Mes parents ont prévenu mes professeurs : *« Si vous voyez que ses notes baissent, on arrête. »* Les notes ne descendront pas. Ce n'est pas fantastique mais suffisant.

À treize ans, je montre déjà de grands signes d'indépendance. Pourtant, je m'endors toujours dans le lit de mes parents. Maman se couche plus tôt que papa, qui regarde la télévision. Je m'allonge auprès d'elle et je laisse le sommeil venir me trouver. Quand papa arrive, je rejoins ma chambre, toute somnolente. Ce rituel m'aide à passer de bonnes nuits. Pour quelque temps encore, car bientôt il me faudra apprendre à partager ma chambre avec d'autres nageuses de mon âge. En fin de collège, je m'apprête à quitter le nid et leur lit pour un grand bond dans l'inconnu.

C'est un moment étrange pour mes parents qui perdent d'un seul coup leurs deux enfants. Six mois plus tôt, Marc est parti à l'armée. Ce jour-là, papa était venu me chercher au collège pour déjeuner à la maison. En rentrant, j'avais trouvé maman effondrée dans la cuisine. Elle venait d'apprendre le départ imminent de mon frère et pleurait tout son soûl. Mais quand vient mon tour, ils ne versent aucune larme. Des années plus tard, quand j'en parlerai à maman et lui demanderai pourquoi cette absence d'émotion – du moins apparente – elle me dira : *« Toi, je savais qu'on pouvait te récupérer n'importe quand, que tu pouvais revenir à n'importe quel moment. »* Mais, je ne suis jamais revenue. Je ferai des allers et retours les week-ends, entre Juigné et Dinard, mais je n'habiterai plus à la maison. Du moins, jusqu'à mon divorce.

Mes parents ont une quarantaine d'années, ils sont encore jeunes. Face au syndrome du nid vide, ils se demandent s'ils ne vont pas refaire un bébé. Je me dis : *« Purée, ils me remplacent vite. »* En même temps, c'est compréhensible. Ils nous ont conçus avec cinq ans d'écart, en se disant que lorsque Marc partirait, il resterait encore la deuxième. Puis voilà qu'à treize ans et demi, je décide de m'exiler moi aussi. Leur plan tombe à l'eau et ils se retrouvent tout seuls, sans préavis et bien plus tôt que prévu. Mais ils ont dû apprécier cette solitude retrouvée car ils ont renoncé à leur projet. Il n'y aura ni petit frère ni petite sœur.

Partir est une évidence pour moi. Si je veux continuer la natation, je dois quitter Angers, fuir l'ordinaire. Mon décalage avec les autres adolescents de mon âge est de plus en plus marqué. Je ne me pose pas de questions : je suis accompagnée, je n'ai pas peur. J'ai le choix de mettre la boussole au nord, au sud ou un peu plus à l'est. Ce sera Dinard, Font-Romeu ou bien Tours. Chaque centre a sa spécialité : Font-Romeu tout comme Dinard proposent du demi-fond, ma partie. Tours est plus axé sur le 100 mètres, le sprint. Dinard est plus proche de la maison ; Font-Romeu très éloigné de mon mode de vie. Tu ne t'improvises pas montagnard. Je veux partir, prendre mon envol, mais pas au point de plonger dans un monde totalement inconnu. Le Centre de ressources d'expertise et de performance sportive de Dinard me semble être un bon compromis. La suite me donnera raison. Je vais y faire la connaissance de Jacques Meslier, celui qui sera mon mentor et m'emmènera au plus haut niveau.

RIEN D'AUTRE À FAIRE QUE NAGER

Dans les gradins de la piscine de Dinard, mes parents assistent à ma première séance de natation en eaux bretonnes. Alors que je me débats dans ma ligne, lestée de mes kilos en trop, pataude dans mes gestes, à la traîne par rapport à mes camarades, ils sont inquiets : *« Elle ne tiendra jamais, le niveau est trop élevé. »* Enfin, ça, c'est ce qu'ils pensent, mais ils se gardent bien de me confier leurs doutes – je ne l'apprendrai que bien plus tard. Au contraire, fidèles à eux-mêmes, ils me laissent faire, m'encouragent.

Seul mon nouvel entraîneur décèle chez cette adolescente rondouillarde à la technique perfectible ce que personne n'a su deviner et qui constituera ma force, mon talent : mon mental. Jacques l'a bien compris : ni mon physique ni mon manque de technique ne sont un problème. En nageant davantage, je vais perdre du poids, m'affiner, m'affûter. En travaillant intensément, je vais parfaire ma technique. Ce qui compte vraiment c'est ce qui se passe dans ma tête. Ma détermination est sans faille. Ma capacité de travail quasiment sans limites. Jacques a toujours dit qu'il préférait entraîner des nageurs peu doués avec un mental, que des nageurs doués tout court, car avec beaucoup de travail, de la réflexion et de la volonté, tu progresses. Avec moi, il est servi.

Les premières semaines, j'en bave. Confrontée aux autres nageurs et nageuses, je me rends compte que je suis loin du niveau national et que je n'ai pas la culture de l'entraînement. Dans la ligne d'eau, je suis derrière, dernière. Mes battements laissent à désirer. Ma physionomie détonne. Je n'ai pas les codes. Je suis aux antipodes des Sophie, Carine… ces nymphettes blondes, féminines, avec leurs grands cheveux bouclés. Elles m'impressionnent, comme ces filles populaires au collège ou au lycée que l'on admire et à qui on aimerait bien ressembler, simplement parce la vie paraît plus facile dans leur peau. Je ne me sens pas proche d'elles. Je suis un clan à moi toute seule. Je me réfugie dans la natation, les résultats, le travail. La triangulaire, c'est mon entraîneur, mes parents et moi, et au milieu, la natation. Je suis dans l'eau. Je veux nager. Nager et performer. C'est tout. Elles sont plus fortes que moi, ce n'est pas grave : je me mets derrière et je les suis. Je m'accroche, sans faiblir, plus déterminée que jamais.

Le découragement vient de l'extérieur, de l'environnement. J'ai idéalisé la section sport-études. Nous sommes une vingtaine de nageurs hébergés dans une villa au sein d'un lycée hôtelier. J'occupe une chambre de trois en enfilade, avec au bout, une petite salle de bains masquée par une couverture qui fait office de séparation. On est bien loties. La pièce bénéficie d'une grande fenêtre avec un large balcon et une échelle. Les autres nageuses logent dans d'autres dortoirs. Pour accéder aux lavabos, elles doivent traverser notre chambre. Mais elles ne viennent pas seulement s'y brosser les dents : elles y fument leurs cigarettes. Dès le premier soir, elles me préviennent : *« Si tu dis quelque chose, gare à toi ! »* Je retourne me coucher, une immense déception m'étreint le cœur. Ce n'est pas ce que j'avais imaginé : des nageuses concentrées sur le travail, la recherche de médailles et de performances ; des sportives sérieuses, investies, à l'hygiène de vie irréprochable. Ce soir-là, je me fais une promesse qui sera la base de ma motivation : *« Je ne serai pas comme elles, ce n'est pas ce que je veux. »* Le lendemain, je revois mes parents qui ont dormi à l'hôtel. Ils me demandent si cette première nuit s'est bien passée. Je leur réponds : *« Oui, oui, tout va bien. »* Je ne dis rien de ce qui se trame dans cette pièce secrète. Ce poids me pèse mais je garde le silence sur cette vie parallèle qui s'organise en dehors des bassins et que j'observe à distance. C'est le prix à payer pour faire partie de l'équipe, un pied dedans, l'autre sur le bord.

Je travaille dur. Le rythme d'entraînement s'intensifie, le temps de nage s'allonge. Fini les croissants tartinés de chocolat. Sous l'effet combiné du sport et de l'alimentation, mon corps se transforme : je perds des kilos, je fonds à vue d'œil. Rapidement, je retrouve le même niveau que les autres et je me sens à ma place, enfin légitime. Ma tante Thérèse disait : *« On a toute la vie pour apprendre »*, moi je pensais : *« J'aurai toute la vie pour m'amuser. »* J'ai croisé pas mal de nageurs plus doués que moi mais qui n'ont pas fait les Jeux olympiques parce qu'à quinze, seize, dix-sept ans, ils avaient autre chose en tête – les amourettes, la fête – refusant de sacrifier leur vie d'adolescents, pourtant incompatible avec celle d'un sportif de haut niveau.

Le soir, mon entraîneur revient exprès à l'internat pour les empêcher de sortir, sans réaliser qu'il surveille des lits où ont pris place, sous les couvertures, des polochons simulant des corps endormis. J'observe ce petit manège de loin même s'il m'arrive de succomber à la tentation. Mais quand je sors, je fais en sorte de toujours assurer, comme cette fois à Font-Romeu. J'ai dix-huit ans et nous sommes en stage. On enchaîne trois séances de six kilomètres par jour : le matin, après le déjeuner, et une dernière, après le dîner. Je fais le mur avec d'autres nageurs, et nous voilà partis pour une nuit blanche. Au petit matin, nous pénétrons dans le grand bassin pour la séance d'entraînement, l'esprit embrumé, le corps fourbu et déshydraté par nos excès nocturnes. Je déroule ma nage comme à la normale, comme si de rien n'était. Les autres, en revanche, n'avancent pas d'un caramel. Jacques est en colère : *« Vous n'avez qu'à prendre exemple sur Claire ! »*, leur lance-t-il. Je me garde bien de lui préciser que j'étais, moi aussi, de la partie. Les nageurs me jettent des regards en coin, dégoûtés, autant par le fait que je m'en tire aussi bien que de me voir évoluer avec autant de facilité dans l'eau, vu les circonstances. Assumer et assurer : c'est un principe auquel je n'ai jamais dérogé et que j'ai ensuite appliqué à la sphère familiale.

J'ai toujours dit à mes enfants : *« Vous faites la bringue, c'est bien, mais c'est le jour qu'on vit. »* J'ai toujours exigé qu'ils soient là au repas du midi, mais je leur accordais quand même la sieste.

Je rentre à peu près toutes les quatre semaines chez mes parents, à Juigné, lors des grands week-ends. À Dinard, il y a le petit week-end, du samedi après-midi jusqu'au dimanche, et le grand week-end, qui commence le vendredi soir. À mon retour, le dimanche soir, Jacques vient me chercher à la gare. Comme mon train arrive après le repas servi au Creps, je dîne chez lui en famille. On mange des crêpes. Je sympathise également avec ses enfants. Plus tard, sa fille, Marie-Laure, deviendra la marraine de mon premier enfant, Greg.

Mon parcours scolaire est chaotique. Je débarque en milieu de trimestre à Dinard, je viens du privé, autant dire qu'ils ne me loupent pas : *« On n'a pas vraiment eu le temps de voir son niveau scolaire... »* Je redouble ma troisième. Parfois, je déprime. Au cœur de l'hiver, j'ai envie d'abandonner. Mais j'ai un contrat moral qui me lie à mes parents. Ils n'exigent pas de moi de devenir une championne, seulement d'être honnête dans mes engagements et de terminer ce que j'ai entrepris. Ils ne me brusquent jamais, seulement de terminer le trimestre. Un petit pas après l'autre car ils savent que dans quelques semaines, j'aurai retrouvé toute mon énergie. Ils ne me parlent jamais de l'argent qu'ils dépensent pour moi et ne me le reprochent jamais. Certes, ce ne sont pas des études de commerce, mais il y en a quand même entre 3 500 et 4 000 francs d'internat par an. L'année de seconde se déroule normalement. Puis tout bascule en première à cause d'un énorme malentendu qui a bien failli me coûter ma carrière et réécrire mon histoire.

C'est l'année des championnats d'Europe. C'est aussi la fin de l'année pour les professeurs adjoints. La plupart ont quitté leur logement et sont repartis chez eux. Mais l'un d'eux, qui sort avec une nageuse, est resté un peu plus longtemps et n'a plus d'endroit où dormir. Comme il y a deux lits dans ma chambre, je lui propose de l'héberger le temps d'une nuit. Au petit matin, mon entraîneur frappe à la porte : *« Supiot, faut que je te parle. »* Il vient m'annoncer ma qualification aux championnats d'Europe. Je sors dans le couloir en refermant la porte derrière moi et lui dis naïvement : *« Vous ne pouvez pas entrer, il y a un garçon dans ma chambre. »* Il me répond simplement : *« Ah, très bien »*, et il s'en va. Aussitôt, il appelle ma mère pour lui dire qu'il y a un garçon dans ma chambre, que le petit oisillon est sorti du nid. Et je me fais virer du sport-études !

Je suis dévastée. Je ressens la sentence comme une énorme injustice. Je n'ai rien fait avec ce garçon, mais Jacques ne veut rien savoir. Avec le recul, j'ai compris sa réaction. Jacques était quelqu'un de très droit, intègre et très investi dans sa mission. Il avait des jeunes sous sa responsabilité et ne se voyait pas annoncer à mes parents : *« Je vous rends votre fille mais il y a un polichinelle dans le tiroir. Vous ne m'en voudrez pas, il y en a deux maintenant. »* C'était angoissant pour lui et normal qu'il réagisse comme ça. J'ai été maman d'adolescents. Ma mère, en revanche, a été très vexée. Nous communiquions tellement toutes les deux qu'elle savait tout : avec qui je couchais, qui étaient mes premiers amours. Mais Jacques a eu un ton moralisateur : *« Oh, Madame Supiot, ça va, les petits oiseaux, ça sort du nid. Vous n'allez pas croire tout ce que vous dit votre fille. »* Elle a eu du mal à encaisser.

Je dois quitter Dinard pour Paris. Mon entraîneur m'envoie à l'Insep, l'Institut national du sport, de l'expertise et de la performance. Je devrais me réjouir de me retrouver dans le temple du sport de haut niveau, parmi l'élite, au cœur de ce grand centre international. C'est l'inverse. Je dépéris. L'Insep, c'est une ville, tout est trop grand. Trop de monde, trop de sports ; il n'y a pas que des nageurs. Je n'ai plus mon entraîneur. Je ne suis pas bien dans l'eau, je suis toujours blessée. Je fais des crises de spasmophilie et des névralgies cervico-brachiales. Une douleur irradie dans mon cou jusque dans le bras. J'enchaîne les infiltrations.

Au bout de trois mois, je demande à revenir, plus motivée que jamais : j'ai vu ce qu'il y avait ailleurs et je me dis que Dinard, c'est vraiment bien. J'écris un courrier à Jacques dans lequel je présente mes excuses. Je lui explique que je veux revenir, que j'ai envie de retravailler avec lui, qu'après ce trimestre catastrophique à l'Insep, ma place est auprès de lui à Dinard. Avec ce courrier, il va voir Henri Sérandour, le président du Comité national olympique et sportif français, à qui il avait dit au départ : *« Je n'en veux plus. »* Henri lui demande :

« - Toi, qu'est-ce que tu veux faire ?

- Je veux la reprendre.

- On la reprend. »

De retour à Dinard, je n'ai pas de logement. Qu'importe, la natation, c'est une famille. Virginie – une nageuse très douée ! – m'accueille quelques jours pour que je puisse m'entraîner et réintégrer progressivement le Creps. Je suis heureuse, soulagée et plus déterminée que jamais à réussir : j'ai été mise de côté une fois, mais pas deux.

Avec Jacques, il n'y a eu aucune explication, aucune discussion, on n'est jamais revenus sur cet épisode. Il a su faire machine arrière. Je pense que ce trimestre lui a permis de réfléchir. J'ai réalisé qu'il avait encore confiance en moi, et c'est tout ce qui importait. C'est d'ailleurs pour cela que j'ai réussi : mon entraîneur et mes parents ont toujours cru en moi.

C'est reparti à fond, je ne lâche rien.

Pour la petite histoire, une trentaine d'années après, fin 2021, le fameux garçon que j'avais accueilli dans ma chambre m'a retrouvée. Dans les parages pour rendre visite à un ami, il en a profité pour venir me voir :

« Je t'ai vue dans les journaux, j'ai voulu m'arrêter. » Il ne s'attendait certainement pas à ce qui allait suivre. Je lui ai raconté ce qui s'était passé, après qu'il a quitté la chambre. Il était tout gêné, tout confus d'apprendre qu'à cause de lui, j'avais été renvoyée du Creps. Moi, j'étais heureuse, après tout ce temps, de rendre à César ce qui appartenait à César. C'était assez rigolo de le voir si désolé. Quelque part, je tenais ma revanche.

Avec cette histoire, je reviens de loin car, sans Jacques, il n'y aurait pas eu de Jeux olympiques. À l'époque, j'ai deux entraîneurs : Jacques Meslier à Dinard et Alain-Michel Hipp à Clichy, club où je suis licenciée. Ils ont deux approches totalement différentes mais complémentaires. Jacques, c'est la rigueur, le sérieux en toutes circonstances. Avec Alain-Michel, il y a la compétition mais aussi la troisième mi-temps. Il autorise ses nageurs à faire des soirées, à aller en boîte, on rigole. Il les a toujours à l'œil mais autorise le relâchement.

Je n'aurais pas pu aller aussi loin avec Alain-Michel, d'autant que c'était un entraîneur de sprinters. Mais il a été un petit détonateur quand il m'a dit que je nageais toujours de la même manière et qu'il fallait que je lâche la bride. Avec Jacques, je savais que je pouvais accomplir de grandes choses. C'était quelqu'un de droit, qui a vu tout de suite en moi quelqu'un qui pourrait aller haut. Il a cru en moi dès le départ, même si les gens affirmaient que je ne ferais jamais 2'15" au 200 mètres papillon. Il leur avait soutenu mordicus qu'ils avaient tort. Au plus fort de l'entraînement, on pouvait aller jusqu'à 16 km par jour. Six bornes par séance. À Font-Romeu, on faisait même trois séances : une le matin, une après le déjeuner, et une après le dîner.

L'année de la terminale, j'arrête le lycée. Je renonce au bac pour me consacrer entièrement à ma qualification pour les Jeux olympiques. Mes parents comprennent ma décision, ils savent bien que de toute façon, ce sera difficile d'aller le décrocher. Mais ils ne veulent pas non plus que je mette tous mes œufs dans le même panier. Je prends donc des cours pour obtenir mon diplôme de maître-nageur. C'est mon plan B, voulu par mes parents. Toujours me mettre dans la position de réussite dans un domaine, c'était leur credo. C'était aussi la philosophie de Jacques : il ne voulait pas faire de nous que des athlètes, mais former des futurs hommes et femmes avant tout. Comme mes parents, il m'a transmis des valeurs. C'est avec lui que je suis devenue athlète de haut niveau. Que j'ai appris que *« choisir c'est renoncer »*. Que *« l'homme n'a pas d'amis, c'est sa réussite qui en a »*. Il avait aussi cette formule quand tu montais sur la balance : *« Dix minutes dans la bouche, une heure dans l'estomac et dix ans sur tes fesses. »* C'est le genre de remarques qui a marqué des générations de femmes, mais bon, c'était une autre époque…

Une chance pour moi, cette année-là, les planètes étaient alignées…

EN ROUTE POUR L'OLYMPE

« J'ai tout donné, c'est fini.
Je me suis qualifiée pour les Jeux,
je suis allée au bout de mes ambitions,
j'ai fait ce que j'avais à faire,
j'ai répondu à toutes les attentes.

J'attends que la commission de sélection m'appelle, qu'on m'annonce que j'ai été retenue pour les Jeux olympiques de Séoul. Nous sommes en 1988. J'ai vingt ans. Je suis dans mon canapé. Je ne mange plus. Ma vie est en suspens. Depuis, quinze jours, je fixe ce téléphone qui ne sonne pas.

Je la veux cette sélection. C'est l'aboutissement. Sept ans que je m'entraîne en sport-études, loin de ma famille, pour espérer décrocher mon ticket pour cette compétition qui sera l'acmé de ma carrière. Le graal de tout sportif ambitieux. J'ai fait des choix, des sacrifices. J'ai mis ma jeunesse entre parenthèses. Je la mérite. Il y a quatre ans, je suis passée tout près d'une sélection pour les JO de Los Angeles. Cette fois-ci, pas question de laisser filer ma chance.

Mais je ne suis pas seule en lice. La France a des quotas. Elle ne peut envoyer qu'un nombre limité de nageurs à Séoul. Ce sera moi en papillon ou les quatre nageuses du relais de mon club de Clichy. Mais pas les deux.

À ce moment-là de ma carrière, je compte sept titres de championne de France en 200 mètres papillon et un titre de championne de France en 100 mètres papillon. Je suis l'une des meilleures de ma spécialité. J'ai de sérieux atouts à faire valoir. Mais je suis moyennement confiante. Peu de temps auparavant, j'ai surpris une conversation de nos dirigeants au travers d'une cloison, qui se disaient prêts à défendre le relais. Cela a été plus fort que moi, j'ai explosé. Je suis rentrée chez moi en pleurant car je trouvais ça dégueulasse. Ils me sacrifiaient. Ils m'ont assuré que je n'avais pas bien compris, mais je savais exactement ce que j'avais entendu : il y avait des histoires politiques là-dessous et je n'avais aucune envie d'en faire les frais.

Les conditions de ma qualification pour les Jeux olympiques posent également problème. Il fallait faire les chronos pendant les championnats de France. J'ai bien fait les minima mais... pendant les régionaux de Bretagne, avant de devenir championne de France quelques semaines plus tard. Deux belles performances qui causent quelques maux de tête aux instances. Ma qualification devra être examinée par une commission parce qu'elle est hors normes. Toujours la même histoire : toute ma vie, je serai hors normes, et toutes mes sélections, mes performances et même mes classifications seront sujettes à discussion.

En même temps, il faut bien reconnaître que rien n'est simple dans mon histoire avec la natation. Rien que mon appartenance au club de Clichy alors que je m'entraîne en Bretagne n'est pas logique à première vue. Et ne me facilite pas la tâche. Pourquoi en effet avoir signé en région parisienne ? Cette décision est liée à un serment de mes parents fait à Michel Maillard, le président de la ligue de natation des Pays de la Loire. Lorsque je suis partie à Dinard, il a fait promettre à mes parents que je ne signerais pas dans un club breton, tant il était lassé de voir ses athlètes s'exiler dans ces terres de l'ouest. Nous ne nous sommes jamais dédits, même après son décès dans un accident de la route, quelque temps après. Mes parents n'avaient qu'une parole. Pourtant, connaissant Michel Maillard, s'il avait vécu, on aurait pu discuter et il aurait probablement revu sa position en admettant : *« Claire évolue, elle est dans un groupe, faire des compétitions avec un groupe c'est fédérateur, cela entraine la performance. »* Au lieu de cela, je n'ai jamais signé dans un club de Bretagne.

Toutefois, je ne pouvais pas non plus rester à Angers Natation. L'entente était devenue trop compliquée avec les responsables. Comme je m'entraînais en Bretagne, ils disaient que je ne pouvais pas faire les relais avec les coéquipières. Privée de compétitions régionales en Pays de la Loire, je me suis sentie lâchée. Je n'avais plus leur soutien ; j'en étais malheureuse. À côté de cela, la situation devenait compliquée pour mes parents qui devaient tout payer, malgré des revenus plus que modestes. Intégrer une grande équipe me permettait de les soulager en obtenant des financements. Je décide donc de signer à Clichy, en région parisienne.

En Bretagne, c'est les championnats régionaux. Je veux participer. Les Bretons sont d'accord mais refusent que je nage les séries avec les autres nageurs car je ne dépends pas de la ligue de Bretagne. Si je veux concourir, je devrais donc nager toute seule. Soit ! Arrive le 200 mètres papillon. Seule sur mon plot, je m'apprête à plonger dans le grand bassin de la piscine de Dinard, concentrée comme jamais. C'est une sensation vraiment bizarre. Coup de sifflet. Le public voit que je suis dans les temps du record de France. Tous les Bretons au bord du bassin m'encouragent. Je touche le mur. 2'14"93, record de France ! Le public applaudit. J'ai vraiment des frissons. Je viens d'accomplir un truc énorme et je sais déjà que ce sera l'un de mes plus beaux souvenirs de natation.

Évidemment, certains y ont trouvé à redire car si mon record de France a bien été homologué, je l'avais battu en eau de mer. L'eau de mer offre une meilleure portée que l'eau douce. N'empêche, ils ont oublié que j'étais toute seule dans un bassin, comme une étrangère en pays breton et que ce record, j'étais allée le chercher à la force des bras.

À cette époque, je n'ai pas l'habitude de fêter mes victoires, je sors très peu. Mais galvanisée par ce record, je décide de le célébrer comme il se doit. Cela tombe bien, le matin même, j'ai trouvé et ramassé quatre billets de cent francs, en sortant d'un magasin, dans une petite ruelle de Dinard. Le soir, dans un bar de la ville, j'offre ma tournée générale. La nuit est agitée. Mon entraîneur n'est pas au courant et les championnats régionaux ne sont pas finis. Le lendemain, alors que je me prépare pour le 400 mètres nage libre, il me dit : « *Bon Supiot, on le tente !* » Ce n'était pas prévu que j'aille tenter de chercher une médaille. Je le regarde et me contente de lui répondre : « *Non, pas le 400, ça ne va pas le faire.* » Il n'a pas insisté.

Quelques semaines plus tard, je deviens pour la huitième fois championne de France du 200 mètres papillon, mais comme je ne réalise pas les minima, ma qualification passe devant une commission. C'est à ce moment-là que démarre l'attente…

Le téléphone sonne enfin pour m'annoncer la bonne nouvelle : je pars à Séoul, les filles du relais restent en France, sans savoir ce qui a fait pencher la balance. Bizarrement je ne garde aucun souvenir de ce moment. Je suis incapable de me rappeler si c'est moi qui ai décroché, qui était la personne au bout du fil, quels ont été les mots exacts de mon interlocuteur. Vraisemblablement, j'étais en état de choc. Je sais juste qu'à ce moment-là, c'est reparti.

Je quitte enfin ce canapé, je me remets en action et je retourne m'entraîner avec Jacques. J'apprendrai seulement par la suite que ma tante Thérèse avait appelé le directeur technique national derrière mon dos, pour lui parler de moi et de ma famille. Son intervention n'avait eu aucune incidence sur ma sélection, car Patrice était un homme intègre, mais le jour où l'on s'est croisés, il m'a quand même dit : « *Tu sais, tu as une belle famille.* » Il ne croyait pas si bien dire. Quand elle apprend que je suis qualifiée pour les Jeux olympiques, ma tante propose à mes parents de leur offrir le voyage à Séoul. Ils sont sincèrement touchés mais déclinent : « *Non, nous n'avons jamais voyagé. La personne la plus utile auprès de Claire, ce sera son entraîneur.* » Ils ont jugé que j'avais davantage besoin de l'expertise et du regard rassurant de Jacques que du soutien familial. Et ils avaient raison. C'est comme ça qu'il a pu m'accompagner dans ce qui sera l'une des plus grandes aventures de nageuse, car à l'époque, la fédération n'emmenait pas nos entraîneurs personnels.

À Séoul, je vis enfin l'accomplissement de mon rêve, l'aboutissement de ma carrière. Ma victoire, je la tiens dans le fait d'être là. Je suis dans le top cinquante mondial. Je n'ai aucune chance de médaille. Si je réussis à atteindre la finale, ce sera déjà un bel exploit. Il y a quelques années encore, personne ne croyait en moi et n'imaginait qu'un jour je ferais moins de 2'15. Jacques, mon entraîneur, l'avait pourtant assuré au directeur technique national, Patrice : *« Tu verras, Claire, elle descendra sous les 2'15 ! »* Il m'avait aussi dit : *« Supiot, quand tu arriveras sur le stade olympique, tu sauras pourquoi tu t'es entraînée si dur. »* Je sais d'où je viens et je mesure le chemin parcouru, mais je reste réaliste sur mes capacités et mes performances par rapport aux meilleures nageuses mondiales.

Avec le recul, je me dis que j'aurais dû davantage y croire. J'aurais peut-être dû repousser le curseur de mon ambition. Ne pas me contenter de participer, mais de vivre pleinement ma course, avec le moral de championne qui m'a toujours habitée. Au moment où je me place sur le plot, il n'y a déjà plus d'enjeu. Je sais déjà que tout s'arrêtera dans cette piscine olympique, après cette dernière épreuve du 200 mètres papillon. Mon entraîneur me l'a répété : *« Supiot, faut savoir arrêter avant de se faire battre. »* Ma décision est prise. Terminé la vie monacale, les sacrifices, je veux m'ouvrir aux autres et connaître l'insouciance de cette jeunesse que j'ai mise sous le tapis de ma chambre d'internat pendant sept ans. J'ai atteint le graal, je n'irai pas plus haut.

Je nage un dimanche, le dernier jour de la semaine de compétition de natation, le dernier jour des Jeux. Je n'ai qu'une course. J'ai envie d'en découdre, mais lorsque je plonge, je n'ai plus de jus. Toute la semaine, j'ai vu les nageurs défiler dans la piscine olympique, les médaillés, ceux qui repartent bredouille. Je me suis entraînée mais j'ai laissé beaucoup d'énergie. Le stress est monté graduellement. J'ai accumulé de la fatigue. La veille, j'ai surtout commis l'une des plus grosses erreurs de ma carrière : je me suis rasé tout le corps. Tous les poils y sont passés même ceux des bras. J'ai suivi les conseils de Catherine Plewinski. C'est mon amie et une référence de la natation française. Six jours plus tôt, le 19 septembre, elle a remporté la médaille de bronze du 100 mètres nage libre. Visiblement, ça lui a réussi. Alors, je l'imite en oubliant qu'on n'improvise jamais à l'aube d'une compétition. Dans l'eau, je ne sens plus mes appuis. Je suis désorientée. Je passe complètement au travers. Je termine en 2'21"65, à presque sept secondes de mon record de France. Je prends la vingt-cinquième place du classement des séries... sur 27. Je suis venue, j'ai vu mais je n'ai pas vaincu, et je sors par la petite porte.

Je suis déçue mais surtout soulagée. J'ai tout donné, c'est fini. Je me suis qualifiée pour les Jeux, je suis allée au bout de mes ambitions, j'ai fait ce que j'avais à faire, j'ai répondu à toutes les attentes. J'ai été un bon petit soldat. Ma carrière de nageuse s'arrête ici. Je veux terminer sur une bonne note. Je ne ferai pas la course de trop. Je pars avec le record de France du 200 mètres papillon. Et même si, après ma retraite, Cécile Jeanson mettra peu de temps à le battre, j'ai cette satisfaction de me dire que personne n'a fait mieux que moi pendant ma carrière de nageuse.

N'empêche, trente-cinq ans plus tard, j'ai une autre lecture de cette période. Beaucoup de gens diront : *« Claire Supiot, elle n'a rien fait aux Jeux. »* C'est vrai, je n'ai rien fait, mais aujourd'hui, je peux le dire haut et fort : en 1988, j'étais déjà atteinte de la maladie. Sauf que je ne le savais pas. Ce n'est pas moi qui n'ai pas été à la hauteur, c'est mon colocataire, la maladie de Charcot-Marie-Tooth, tapie dans mon corps en attendant de se présenter. Il y avait des signes. Je me cassais la figure quand je jouais au football, je me tordais les pieds, je me faisais des fractures, je courrais avec les bras en canard. J'étais incapable de faire le banc suédois, cet exercice qui consiste à enchaîner les sauts à pieds joints au-dessus du banc, sans le toucher. Je manquais de coordination. J'avais une détente verticale bien loin de celle d'une athlète de haut niveau. Les autres nageurs, eux, étaient capables de sauter la moitié de leur taille. Moi, je ne pouvais pas.

Le trouble déficitaire de l'attention devait être présent, lui aussi. Déjà à l'époque, j'avais besoin de m'isoler avec mon Walkman. Je n'avais pas d'autre choix si je voulais atteindre mon objectif : surtout ne pas m'éparpiller. Mon entraîneur était fort pour m'aider à me concentrer : il me donnait des objectifs par trimestre. Tout était calé. Si personne n'a repéré ces troubles à l'époque, c'est parce que je faisais du sport à haute intensité et que j'avais un cadre.

Là où les gens voyaient en moi des limites, c'était mon handicap qui frappait à la porte : mon gène HSPB1, la forme spinale de la maladie. Je n'étais pas une nageuse de jambes, j'avais un battement en deux temps. Je ne pouvais pas faire les courses qui demandaient trop de puissance dans les jambes. Le 200 mètres me convenait bien car j'avais une ondulation naturelle, je n'avais pas à forcer contrairement au 100 mètres. J'entends encore ma mère, lors des derniers mètres de course, crier au bord du bassin : *« Jambes ! Jambes ! Jambes ! »* Sans ces injonctions, je n'y pensais pas. Je restais sur un battement en deux temps. J'étais une nageuse de bras. Mais tout le monde redoutait les derniers 25 mètres de Supiot, car j'avais un finish d'enfer. Bizarre de se dire aujourd'hui que, finalement, j'étais une athlète handicapée au pays des valides.

Après les JO, il n'y aura pas de fête, comme il n'y en avait pas davantage au temps des victoires. Pourtant, l'après-Séoul ressemble à un lendemain de cuite. Lorsque tu te réveilles, les copains sont partis, les médailles ne sont plus que des cadavres traînant sur les étagères et, quand tu regardes autour de toi, tu ne sais par où commencer. Projetée dans la vraie vie, dans ce décor inconnu, je ne suis plus rien, mais je dois continuer d'avancer.

ET UN JOUR, ILS SE MARIÈRENT...

Quelques mois après Séoul, je rencontre mon premier mari, le futur père de mes trois enfants, par l'intermédiaire de son cousin avec qui je fréquente les bancs de l'Insep à Paris. J'ai tourné la page du sport de haut niveau et quitté Dinard aussitôt après avoir obtenu mon brevet d'État premier degré. Bientôt, je décrocherai mon brevet d'État deuxième degré et je pourrai enfin devenir entraîneuse. Entrer dans la vie active, former un couple, avoir des enfants, faire comme tout le monde, l'idée me plaît, même si passer ma vie en maillot de bain n'était pas franchement mon rêve. Moi, je voulais devenir journaliste. Et puis j'ai fait différemment.

Il a sept ans de plus que moi, il est officier chez les sapeurs-pompiers de Paris. Il fait du sport, beaucoup de sport, dont du triathlon. On pense être sur la même longueur d'onde. Je me suis mise au triathlon, aussitôt sortie des bassins. J'avais besoin de me transcender, de tester une nouvelle dynamique de mouvement. Je suis licenciée au Racing Club de France. Lors des compétitions, je sors de l'eau la première. On me dit que j'ai une bonne position sur le vélo. J'ai de bons bras de levier car je suis grande, mais je n'appuie pas fort sur les pédales. La course à pied est beaucoup plus laborieuse. Je tape très fort des pieds et mes coudes sont tellement écartés de mon corps qu'on dirait des ailes de canard.

Le sport m'intéresse encore, mais j'arrête le triathlon. J'aime cet homme et je veux lui offrir une famille. Je souhaite qu'il ait cette chance de connaître le bonheur d'un cocon de vie rempli d'amour, lui qui à l'âge de cinq ans ne parlait toujours pas et dont le frère jumeau était décédé. On n'a pas eu la même enfance, entretenu les mêmes liens familiaux. Pour moi, la famille c'est un lieu où on peut se ressourcer. J'ai plein d'amour à offrir et notre écart d'âge me pousse à ne pas attendre : je ne veux pas que mes enfants aient un papa trop vieux et je veux qu'il puisse profiter au maximum de nos enfants.

Le mariage, j'y pense avant lui. Je n'ai jamais joué à la poupée, je n'ai jamais vraiment rêvé de me marier non plus, mais je vais le faire car c'est écrit dans les contes de fées. Lorsque j'annonce la bonne nouvelle à mes parents, il n'est pas là. Nous nous nous marions en 1991. J'ai 23 ans. À cette époque, je suis maître-nageur et j'interviens également dans les écoles primaires à Créteil et Maisons-Alfort. Est-ce que mon métier me plaît ? Est-ce que je suis heureuse ? Est-ce que je prends plaisir ? En fait, je ne me pose pas de questions. Je pense que s'interroger sur son bonheur, c'est une perte de temps. Tant que ça va, on avance, c'est tout.

Greg naît un an après notre mariage puis Alison en 1994. Et Steve en 1996. Mes trois enfants, je les ai voulus, jusqu'au dernier. Après la séparation, alors que j'étais en vacances avec Sophie, une amie, Steve, qui devait avoir trois ans environ, m'a appelée. Mon enfant, mon Doudou, avec sa tête d'ange et son énergie débordante, était à terre, en larmes, effondré. *« C'est vrai, maman ? Papa m'a dit que tu ne voulais pas. »* C'était d'une violence inouïe pour moi, et forcément que ça reste quelque part, ce sentiment d'abandon. Plus tard, Steve a souffert que je ne sois pas aussi présente qu'il aurait voulu quand il est parti faire son lycée au Prytanée national militaire. Il avait quatorze ans, à peu près l'âge que j'avais quand j'ai quitté mes parents pour Dinard.

J'élève mes trois enfants relativement seule. Leur père n'est pas là. Il n'a pas forcément le temps et non plus les mêmes centres d'intérêt. Je sens bien que quelque chose ne va pas, mais je n'ai pas le temps de réfléchir, tout va très vite : le travail, aller chercher les enfants à l'école ou à la crèche, la région parisienne... Puis un jour, tu te réveilles et tu te dis : *« Ça non, je ne veux pas. »*

Ça a commencé avec l'argent.

Il faut que je justifie le prix de ma coiffure quand je vais chez le coiffeur ou le prix que j'ai pu dépenser pour les chaussons des enfants. Aujourd'hui, quand mes proches me demandent : *« Ça t'a coûté combien ? »*, ça m'horripile. Ils n'y sont pour rien. *« Je demande juste comme ça »*, se justifient-ils. Peut-être, mais ça, je ne veux vraiment pas, et ça m'a permis de mettre mes limites : il est hors de question qu'on me dise comment je peux dépenser mon argent. Je travaille, j'ai le droit de dépenser mon argent comme je veux. Et ça vaut pour tout le monde, que l'on soit homme ou femme.

À l'époque, je ne m'en rends pas compte. Je n'ai pas les codes. Mais je commence à regarder autour de moi, je ne suis pas trop bête. Je pense que l'éducation que j'ai reçue m'a beaucoup aidée. Mes parents étaient très respectueux, très présents, ils ne jugeaient jamais. Ils respectaient tes choix en t'orientant quand même avec la petite formule : *« Je dis ça, mais vraiment tu fais comme tu veux. »* Ah, la culpabilité du *« fais comme tu veux »* ! Je suis horrible car je fais la même chose avec mes enfants. Je retiens aussi ce que me disait ma tante : amour, confiance et limites. Des limites, et non pas : *« Je commande et tu obéis. »* L'amour rend aveugle, certainement, mais lorsque les violences arrivent, que le respect est bafoué, il faut réagir.

J'aurais pu dire stop plus tôt, mais j'étais tellement focalisée sur le plaisir de faire une famille avec cet homme-là que, malgré tout, j'aimais, que j'avais choisi, que je respectais dans son ensemble, je n'ai rien vu. Un peu comme la fable de la grenouille que tu plonges dans l'eau tiède, qui s'engourdit et qui finit par mourir ébouillantée. Sauf que moi, j'ai sauté hors de la casserole avant.

Un soir, ç'a été l'électrochoc.

Ce qui a mis le feu aux poudres, c'est le fait de se rendre compte que je n'étais pas capable de lui dire que j'avais mis trois mille francs dans la réparation des freins de la voiture. Parce qu'on partait à la montagne, j'avais emmené l'Espace en révision. Le garagiste m'a dit : *« Il faut changer les plaquettes de frein. »* Je l'ai écouté. Mais j'avais tellement peur de la réaction de mon mari que j'ai demandé à partir avec les plaquettes usagées : *« On les change mais vous me les donnez. »* Qui rentre chez lui avec de vieilles plaquettes de frein pour justifier des frais de mécanique afin d'éviter une sortie de route à sa famille dans un lacet de montagne ?

Ça s'enchaîne très vite. C'est d'abord un éclat de voix. Il tape dans le minifour. Un coup de poing dans la vitre. Je n'arrive pas à le calmer. Il me pousse dans le canapé et la violence monte. Je veux sauter du balcon. Je m'en approche, il me suit, et au lieu de me serrer dans ses bras, il me gifle violemment. Quand je reviens dans le salon, la joue endolorie, Alison sort de sa chambre en pleurs. Elle a tout entendu. Je la prends, l'enveloppe dans une couverture et je vais frapper chez sa nourrice, en face, pour calmer le jeu. Je rejoins l'appartement au petit matin avec ma fille et je m'endors avec elle dans le lit. Ma décision est prise.

J'appelle ses parents pour leur annoncer que je ne viendrai pas aux prochaines vacances car leur fils a été violent. Ils ne comprennent pas. Le père dit simplement : *« Ben ouais, il nous avait déjà fait ça, cette manifestation de violence. »* Et la mère de minimiser : *« Pfff, c'est rien. »* Je vais déposer plainte dans la foulée.

J'ai peur car c'est un officier des Pompiers de Paris. Il m'a toujours dit : *« Pas de flics dans l'enceinte militaire. »* Au commissariat de police, je tombe sur quelqu'un qui comprend. Dans des corps de métier comme les leurs, où ils sont confrontés à l'incroyable, où ils sauvent des gens, la réalité est parfois un peu différente pour eux. Il peut exister un gros décalage. Ce qu'il a fait n'enlève rien à son côté héroïque.

Je quitte le domicile le lendemain, le jour de la Saint-Valentin, sans le prévenir. Les policiers m'ont prévenue : durant la soirée qui précède mon départ, je ne dois parler de rien, faire semblant de rien. Le matin, je prends de quoi manger, de quoi être propre et tout ce que je peux emmener. Je remplis un Espace complet et je pars chez mon père, à Juigné-sur-Loire, avec mes trois enfants. Je m'arrange avec mon employeur à Créteil. Je prends d'abord une semaine de congés. Puis, mes collègues, qui ont conscience de ce qui se passe, acceptent de me remplacer plus longtemps. Durant cette période, je reviens une seule fois au travail, le temps d'une semaine. Je donne ma démission et j'arrive définitivement à Juigné.

Lorsqu'il découvre que je suis partie, il est très en colère. Au téléphone, il me dit que je peux préparer des costumes en sapin pour mes enfants. Sur le moment, je ne saisis pas. En fait, il parle de cercueils. Je rapporte tout de suite la conversation à la police, car j'ai le sentiment qu'il peut se mettre en danger et nous mettre en danger.

C'est une période très difficile, très stressante, car aux yeux de la loi, tu n'es protégée de rien. Tu emmènes tes enfants mais tu n'as pas le droit de les couper de leur papa. Ça veut dire que si, lui, les récupère, tu peux ne pas les revoir. Les policiers à Angers te disent : *« On comprend, mais les enfants ne sont pas concernés par les violences. »* Je décide quand même de les éloigner de lui. Dans cette période de non-droit, tu ne sais pas quoi dire, quoi faire… Alors, tu fuis tout pour protéger tes enfants, tout en laissant une porte ouverte, car cela reste leur père et qu'il y aura un avenir.

Le procès se déroule trois ans après. Au tribunal, il dit : « *Je suis pompier, je sais ce qu'il y avait à faire, il fallait la ramener à la raison. Elle voulait sauter par-dessus le balcon, j'ai voulu l'arrêter, je lui ai mis une baffe.* » Et le juge : « *Mais Monsieur, il y avait d'autre moyen de l'arrêter, non ?* » Il écope de sursis et, à la demande de son avocate, la condamnation ne sera pas inscrite à son casier pour ne pas nuire à sa carrière. Les enfants, eux, continueront de le voir, essentiellement pendant les vacances, car il n'est pas toujours disponible le week-end.

Pourquoi déposer plainte pour une « seule » gifle ? Il m'avait manqué de respect, il y avait une rupture de confiance. La violence n'était pas que physique, elle était tapie dans tout ce qui précède le geste : « *Ne dépense pas d'argent* », « *Je commande, tu obéis* ». Il y avait un terreau. Je pense aussi que je suis tombée sur une bonne personne au commissariat, qui m'a crue, qui a recueilli mon témoignage et qui a tout de suite appelé le procureur. Le procureur a dit : « *On y va, on va au procès.* » Le policier m'avait également prévenue : « *Une main qui tombe, elle retombera.* »

Je n'ai pas été longtemps mariée, six ans et demi, le temps de faire trois enfants. Certains choix sont difficiles à faire car ils amènent de la tristesse. Mon entraîneur de Dinard disait toujours : choisir, c'est renoncer. Je fais un choix, je renonce à quelqu'un, à quelque chose, à une situation... même s'il y a des choix qui sont une évidence. Je renonce à subir la violence conjugale, je ne veux pas endurer ça. Il n'empêche, j'en souffre car il y a les enfants, les questions matérielles. Et, parce que, malgré tout, j'aimais cet homme.

La victime, c'est bien celle qui subit la violence. Mais d'une certaine manière, il faut trouver le juste milieu. Je me suis demandée : « *Qu'est-ce que j'ai loupé ?* » Peut-être rien. Peut-être que la personne en face était quelqu'un qui souffre, peut-être qu'elle avait ses propres démons et qu'il n'y avait rien à faire. Mais peut-être aussi parce que, avec mon caractère, je n'ai pas dit non tout de suite, parce que je voulais entrer dans un moule, celui que t'impose la société. Peut-être, qu'à un moment donné, j'ai laissé passer des choses que je n'aurais jamais dû accepter. J'étais capable d'encaisser car je voulais à tout prix être une bonne épouse et une bonne maman. Je n'étais plus une athlète, j'étais mariée et je n'avais qu'une idée en tête : réussir ma famille.

Je pense aussi que j'ai été un peu trompée par le prisme de ma mère : ne pas faire de vagues. Je me rappelle, quand je lui disais que ma belle-mère commençait à me courir sur le haricot, elle m'enjoignait : *« Ma chérie, fais attention, c'est quand même ta belle-mère, tu ne peux pas parler d'elle comme ça. »* Elle m'incitait à jouer l'apaisement. En revanche, elle m'avait bien dit : *« Le jour où un homme lève la main sur toi, quitte-le. »* Je n'avais pas les codes de la vie. Je sortais du sport-études, j'étais conditionnée d'une certaine manière à obéir. J'étais un bon petit soldat. Tout le temps. C'est le revers de la médaille d'une discipline sans faille.

Mais c'est aussi le sport de haut niveau qui m'a sauvée, qui m'a permis de me relever. Beaucoup d'athlètes ont arrêté en disant que le sport les avait fatigués, sans se rendre compte de la force qu'il leur avait donnée. Ce n'est que maintenant, face aux épreuves de la vie, que l'on réalise que la base a été solide. Les entraîneurs étaient ce qu'ils étaient, mais notre volonté de se défoncer dans la ligne pour gagner, pour soi-même, est toujours là. Chaque athlète a quelque chose à prouver. On a une rage à sortir. Un besoin de s'affirmer. J'avais besoin que les gens me voient autrement que comme l'enfant petite et boulotte.

Maman n'a jamais su que j'ai quitté mon mari, le père de mes enfants. Elle est morte deux mois plus tôt. Cancer de l'ovaire. Steve, mon dernier, est né en octobre. Maman est partie en décembre, un an après l'annonce de sa maladie. Elle a juste eu le temps de le tenir dans ses bras. La photo trône dans quasiment toutes les maisons de la famille.

Je suis à son chevet, dans sa chambre d'hôpital, lorsqu'elle décède. Avant Noël, les marqueurs indiquaient que ça allait mieux, puis, d'un seul coup, tout s'est emballé. Embolie pulmonaire. Papa m'a prévenue. Avec Marc, il la veille depuis deux ou trois jours sans relâche. Vers 20 h-21 h, ils décident de faire un petit break. Je me retrouve toute seule avec maman. Elle somnole. En lui tenant la main, je lui fais la promesse de m'occuper de papa et de Marc. Elle ouvre un peu les yeux et rend son dernier souffle.

Avec maman, on entretenait une relation fusionnelle. On savait toutes les deux que papa et Marc avaient du mal à communiquer entre eux. Ils s'aimaient d'un amour fou mais n'avaient pas les codes pour se parler. C'est elle qui faisait le lien. Je crois que cette promesse l'a soulagée : elle pouvait partir tranquille, la relation père-fils ne serait pas rompue.

Papa est triste car il n'était pas auprès d'elle lors des derniers instants. Je pense qu'elle a fait en sorte de tenir et de lui épargner ça, car elle le savait fragile.

Quand on perd un parent, on devient le parent. La mort du parent signifie aussi que tu es le prochain sur la liste. Tu ne peux plus te cacher, tu dois prendre tes responsabilités. Ma mère était mon pilier, un mélange de force et de fragilité, et je pense que c'est ce qui m'habite. Sans elle et ses yeux d'un noir profond, j'allais devoir construire ma propre case.

QUAND LE COLOCATAIRE DÉBARQUE...

« C'est de cette manière que, quatorze ans plus tôt, j'ai décidé d'accueillir la maladie : avec distance et, parfois même, quand c'est possible, un peu d'humour. Avec Marc, c'est aussi une façon de se dire que l'on affronte ça ensemble.

Lorsque nous étions enfants, mon frère me répétait tout le temps : *« Tu n'es pas ma sœur, tu as été adoptée. »* Il y mettait tellement d'assurance que je le croyais. Je demandais alors à mes parents pourquoi, en effet, il n'y avait pas de photos de moi bébé dans les albums de famille. Maman m'expliquait : *« Quand l'aîné arrive, on mitraille, mais quand le deuxième est là, ce n'est pas pareil : tu es dans le tourbillon de la vie, tu oublies de prendre des photos. »*

En juin 2022, mon frère Marc et moi avons rendez-vous chez le neurologue. Plusieurs semaines auparavant, nous avons fait des examens complémentaires pour déterminer la nature du gène défaillant, responsable de notre Charcot-Marie-Tooth. Sans surprise, nous avons le même : le HSPB1, la forme spinale. À la sortie de l'hôpital, je le regarde : *« Tu vois, je suis vraiment ta sœur ! Ou alors on a été adoptée tous les deux. »* On rit.

C'est de cette manière que, quatorze ans plus tôt, j'ai décidé d'accueillir la maladie : avec distance et, parfois même, quand c'est possible, un peu d'humour. Avec Marc, c'est aussi une façon de se dire que l'on affronte ça ensemble.

J'ai toujours su que ce colocataire indésirable pouvait débarquer un jour avec ses grosses valises. Je n'avais pas de certitude, aucun test pour le prédire, mais suffisamment de membres de ma famille étaient touchés pour que j'envisage cette possibilité. Toutefois, le quotidien aidant, la vie qui passe, il n'avait rien de menaçant ; j'avais même réussi à l'oublier. Quand il s'est pointé, je venais tout juste d'avoir quarante ans, à peu près l'âge de mon père quand le sien s'était déclaré. On était en 2008. Il est arrivé sur la pointe des pieds.

Quand je suis revenue dans le Maine-et-Loire, après ma séparation, j'ai exercé comme entraîneuse à Angers pendant quelque temps, mais ça ne remplissait pas mon assiette ni celle de mes enfants. Sans compter que, entre les nocturnes et les week-ends, je ne n'étais pas assez présente pour eux. C'est mon père qui les gardait et j'en éprouvais une énorme frustration. Il me fallait trouver un vrai emploi. Comme lui l'avait fait à l'époque, lorsqu'il était électricien et qu'il avait renoncé à ses déplacements, j'ai fait le choix de me recentrer sur mon métier de maître-nageur. À cette époque, je partage donc mon temps entre la piscine de Beaupréau, dans le Choletais, à une bonne demi-heure au sud d'Angers, et celle de Segré, au nord du département.

Un jour, je glisse sur le bord du bassin de la piscine de Beaupréau. Mon pied se dérobe et je tombe. Fracture du sésamoïde, l'un de ces petits os ressemblant à une graine de sésame, situés sous le gros orteil. Les semaines passent mais la douleur ne se résorbe pas. Plus tard, on comprendra que c'est à cause de ma pose de pieds. Je marche en steppage : j'ai le pied tombant et creux, et je tape fort lors de l'impact au sol. Le sésamoïde est donc tout le temps sollicité et n'a pas le temps de se consolider.

À la même période, je me fais du souci pour mon aîné, qui collectionne les entorses. Tous les trois ou quatre mois, il se déplace avec une attelle. Je pose la question au médecin : « *N'aurait-il pas la maladie de Charcot-Marie-Tooth, comme papa ?* » Les entorses à répétition sont une des conséquences de la maladie, qui se traduit notamment par un affaiblissement des muscles des membres inférieurs ; ce qui pourrait expliquer toutes ces chutes. On saura à l'avenir que les pieds plats peuvent aussi être concernés, mais, ce jour-là, dans son cabinet médical, il est affirmatif : « *Non, il a les pieds plats, c'est essentiellement les pieds creux qui sont touchés.* » Le déclic. Je regarde mes pieds : « *J'ai les pieds hyper creux !* » Puis je pense à cette fracture qui ne guérit pas.

Aurais-je pensé à faire le test neurologique, qui va confirmer mon intuition, sans cette concomitance ? Combien de temps se serait-il encore écoulé avant que je ne découvre que le colocataire était déjà en place si Greg ne s'était pas blessé aussi régulièrement ? Je ne crois pas au hasard. À moins qu'au fond de moi, j'avais le sentiment qu'il était là sans vouloir me l'avouer. Depuis quelque temps, je marche moins vite. J'ai troqué les talons pour les chaussures plates. Je fatigue vite. À moto – j'ai passé mon permis quatre ans auparavant, réalisant un vieux rêve –, je peine à relever le sélecteur de vitesse et à reculer. Je ne parle même pas de la mettre sur la béquille...

Je prends la nouvelle un peu à la légère. J'appelle mon frère Marc qui, malgré notre différence d'âge, n'a pas encore découvert qu'il était, lui aussi, atteint de la maladie. Je lui dis : *« Je suis comme papa. »* C'est tout. Pas besoin d'en faire un drame. Papa l'a, un de mes oncles aussi, ma tante est en fauteuil, c'est presque la routine. Il va falloir faire avec.

Mais je me trompe. Je sais à quoi ressemble leur handicap, mais je n'ai pas encore fait connaissance avec le mien. Je n'ai pas mesuré ce que cela signifie d'avoir un colocataire chez soi, que l'on n'a pas choisi, et les bouleversements qu'il va entraîner dans mon quotidien, au sein de ma famille. Je vais devoir apprendre à cohabiter avec ce nouvel arrivant envahissant, limitant, encombrant. Mes enfants aussi. D'autant plus qu'une fois le diagnostic posé, la maladie évolue très vite.

Je ne sais pas si cela a un lien, mais dès l'annonce, le handicap devient apparent. Un peu comme un déni de grossesse. Tant qu'on ignore son état, le ventre reste plat. Puis en quelques heures, le fœtus reprend sa place. La maladie de Charcot-Marie-Tooth est neurologique. Elle réagit à chaque coup que tu prends dans la tronche. À chaque drame, tu perds un peu plus de tes facultés. C'est son petit côté vicieux.

Mais ce n'est pas immédiat. Ça prend cinq ou six mois. Comme la chute des cheveux. Or, avant 2015, en à peine dix ans, je perds ma mère, ma tante, mon oncle, ma cousine, mes deux tantes… et mon entraîneur, Jacques, qui comptait aussi énormément. Tous mes repères disparaissent, au même rythme que les muscles de mes jambes et de mes bras. Je m'affaiblis de plus en plus et, bientôt, je dois porter des orthèses.

Je dois changer de métier, penser à une reconversion professionnelle. Je ne peux plus être maître-nageur, car je ne suis plus en capacité de sauver des gens. Si je peux encore nager vite pour aller chercher un nageur en difficulté, je ne suis pas sûre de pouvoir le ramener au bord. Le remorquage, ce n'est plus possible. Sur le moment, je le prends comme une opportunité. Je vais pouvoir essayer autre chose ; je ne suis pas contre le changement. Ce qui me coûte, c'est de ne plus transmettre.

Je suis fonctionnaire territoriale, employée par la municipalité de Beaupréau, mais le maire m'annonce qu'il n'a pas de poste pour me reclasser. Alors j'écris au président du Département, Christophe Béchu – depuis, il est devenu maire d'Angers puis ministre de la Transition écologique et de la Cohésion des territoires. C'est quelqu'un de très humain, qui s'intéresse davantage aux compétences qu'aux diplômes. Il aime les gens qui sortent de l'ordinaire et qui se donnent les moyens. C'est un homme de challenges et je pense que c'est là, notre point commun.

Dans mon CV, je me présente comme chef d'entreprise familiale. Je plaisante à peine. Je me vois comme une femme élevant seule ses trois enfants, devant continuer à travailler et à rester en forme malgré le handicap. Parce que, comme un chef d'entreprise, j'ai une boutique à faire tourner, plein de problèmes à gérer et que mon objectif, c'est la réussite de ma famille. Je pense que mon parcours de vie lui plaît : maman, trois enfants, athlète de haut niveau à un moment donné de sa vie, ayant fait les Jeux olympiques, divorcée mais avec l'envie d'avancer… car il me reçoit dans la foulée. Il me confirme que mon profil est intéressant et me dit qu'il va faire suivre ma candidature à la direction des ressources humaines, pour voir si un poste est disponible par voie de mutation. Peu de temps après, je suis embauchée.

Je passe de maître-nageur à agent territorial du Maine-et-Loire.

Je suis d'abord affectée à la direction des sports, au moment où se monte la première équipe d'athlètes du département. C'est le bonheur total. Je travaille en binôme avec Katia, qui est très carrée sur l'administratif. Elle veut découvrir l'univers du sport et moi, j'ai besoin de me perfectionner dans son domaine ; nos échanges sont très enrichissants. Mais rapidement, je rencontre un problème d'accessibilité. À cette époque, le service occupe une vieille maison de la rue des Arènes à Angers. Je porte des chaussures à vérins qui relèvent mon pied et facilitent la marche en provoquant l'impulsion mais qui coincent dans les marches trop étroites. La salle de convivialité étant au dernier étage, je n'y vais plus. Et me prive ainsi des moments conviviaux entre collègues. Je ne me plains pas, mais je m'isole de plus en plus.

J'écris un courrier en rappelant la loi de 2005, qui garantit l'égalité des droits et des chances pour les personnes handicapées, et en précisant que les locaux ne sont pas adaptés à ma pathologie. Cette demande, bien que légitime, n'est pas forcément bien reçue. Ils pensent que j'exige un privilège, alors que je tente de faire valoir mon droit.

Je reconnais mes torts. J'étais en colère contre tout le monde. Je voulais que les gens comprennent mon handicap alors que je ne le comprenais pas encore moi-même. Je voulais qu'ils anticipent mes besoins, alors que je ne les avais même pas identifiés. Le pire, c'est que s'ils l'avaient fait, ça m'aurait sûrement agacée.

Je suis de la *team* de ceux qui avancent malgré le handicap. L'adaptation doit se faire dans les deux sens. On demande beaucoup aux employeurs, mais il faut aussi que la personne handicapée exprime ses besoins. À un moment donné, j'ai demandé énormément, sans forcément dire ce qui n'allait pas, sans expliquer. Le jour où j'ai commencé à m'ouvrir, tout a changé.

C'est dans ce contexte tendu que j'intègre la direction de la communication, en tant que chargée de communication. On ne va pas se mentir : cela surprend beaucoup de monde dans le milieu professionnel car, normalement, on ne déboule pas dans un service à un tel poste sans de sérieux bagages.

Comme j'ai à cœur de bien faire les choses, je demande à suivre une formation qui m'aidera à investir pleinement mon nouveau poste. Je veux juste que l'on me donne les moyens d'être à la hauteur. Mais on refuse ma demande au prétexte que d'autres personnes voudraient aussi des formations. Naïvement, je pensais qu'ils étaient sensibilisés au handicap car leur directeur de communication avait participé aux Jeux de Barcelone en qualité de guide tandem en paracyclisme. Mais en réalité, j'ai affaire à des gens tout le temps sous pression. Je n'ai pas les armes pour me défendre car je sais bien que j'ai des lacunes.

Mon domaine de prédilection, c'est le sport, mais on me met à la communication sociale, que je ne maîtrise pas bien. On me confie ensuite la gestion des panneaux des routes. En gros, quand le Département donne des sous, on fait des affichages pour le dire… À chaque fois qu'un nouveau directeur est nommé, j'hérite de nouvelles missions, mais jamais on ne m'en confie une en rapport avec le sport. Et surtout, on me descend dans l'organigramme, j'ai de moins en moins de responsabilités. Je vis ça comme une mise au placard progressive.

Au troisième changement de direction, j'atterris à la photothèque : mes collègues me donnent des photos que je dois indexer. Je suis proche du bore-out, pour reprendre la formule actuelle. J'ai l'impression que mes compétences ne sont pas reconnues. Je suis abattue, je trouve ça injuste. Je m'ennuie, je ne suis plus motivée, je ne m'épanouis plus du tout. Je dois trouver un dérivatif rapidement, sinon je vais imploser.

Il y a bien la chorale qui me change les idées, mais ce n'est pas suffisant.

Je chante depuis deux ans. Je cherchais une activité pour m'épanouir et remplacer la moto. J'en ai parlé à ma tante Thérèse, qui en a parlé à ma cousine Odile, qui en a parlé à une autre cousine, Monique. Bref, elles chantaient toutes les deux au Chœur de France et ont dit : *« Il faut qu'elle vienne avec nous ! »*

Monique a presque quatre-vingts ans, Odile, dix ou quinze ans de plus que moi. Ce sont les cousines de mon père, et moi, je ne connais pas cette branche-là de mon arbre généalogique. C'est l'occasion d'en apprendre davantage sur ma famille. On est comme des gamines, on rigole. Lors des stages, on vit des moments magiques toutes les trois. C'est beau. L'amour, l'amitié, les regards bienveillants, ce sont des choses qui me transcendent. J'ai besoin de l'amour de mes proches, c'est une évidence.

C'est un gros boulot de chanter ! Les Chœurs de France, c'est du haut niveau. Ce sont trois cents choristes qui se réunissent par secteur pour se retrouver à près d'un millier sur scène, à un moment donné. Même si tu es avec tes amies, que tu t'amuses, il y a une rigueur à avoir. Quand tu assures une heure et demie de récital, tu te dois de connaître les paroles. Tu ne peux pas te dire : *« Pas grave, on est trois cents, celui qui est devant va chanter.* » La chorale occupe une grande partie de mes loisirs. J'ai de la chance, j'accède souvent au deuxième rang. De là, je peux voir le public, je vis vraiment les choses à fond.

Je reprends confiance en moi. Mon handicap n'est pas vraiment un problème, même s'il demande un peu d'adaptation. Lors des concerts, j'ai beaucoup de difficulté à tenir debout. Lorsque je demande au chef de chœur une chaise haute pour m'appuyer, dans un premier temps, il refuse. Les choristes me soutiennent comme ils peuvent – au propre comme au figuré –, mais en les obligeant à jouer les béquilles, je leur vole une partie du spectacle. Finalement, le chef de chœur change d'avis et je prends pleinement ma place.

Mais mon véritable salut viendra de ma voisine. Deux jours par semaine, je suis en télétravail. J'ai emménagé deux ans plus tôt dans la maison de mon futur mari, Frédéric, située à la sortie de village de Juigné-sur-Loire, à deux pas de la forêt. Avec Annick, nous avons pris l'habitude d'aller marcher pendant ma pause du midi avec nos deux yorkshire-terriers issus de la même portée. Le sien et ma petite Java s'adorent. On discute. Je lui confie mes soucis au travail et je lui dis que j'aurais bien besoin de reprendre une activité physique pour évacuer toute cette tension et cette frustration. Elle me parle de l'aquagym qu'elle pratique deux fois par semaine à la piscine de Brissac-Quincé, le gros village voisin. *« Pourquoi tu ne m'accompagnerais pas ? »*

C'est elle qui vient me chercher tous les mercredis et vendredis, qui me donne un rythme et la motivation d'aller dans l'eau. Depuis la découverte de la maladie, je n'ai quasiment pas remis les pieds dans un bassin, et je ne peux pas vraiment dire que ça me manquait. Mais au fil des séances, je commence à ressentir l'eau, à apprécier d'être en maillot de bain... C'est sympa, on rigole, on bouge, je suis dans le mouvement.

L'aquagym m'épanouit mais, très vite, je commence à tourner en rond dans cette piscine. Je lorgne du côté des lignes d'eau et j'envie les nageurs qui enchaînent les longueurs. Je retrouve des instincts endormis : le goût de l'effort, le besoin de me défier, d'éprouver mon corps et d'aller tester mes limites.

Au même moment, mon frère Marc revient dans le département comme entraîneur au club de Saumur. Il me dit : *« Ce serait bien si tu venais nager un petit peu. Allez, viens t'amuser, on va faire les interclubs. »* Il n'a pas besoin de me forcer pour que j'accepte. De toute façon, je ne me vois pas reprendre la natation avec quelqu'un d'autre. Marc a été formé par mon entraîneur de Dinard, grâce à qui j'ai atteint les sommets. Jacques avait repéré chez lui de véritables qualités d'entraîneur. Il disait qu'il était très doué. Et c'est vrai que Marc est un coach hautement qualifié. Il l'a prouvé en amenant des équipes en championnat de France Nationale 1.Il a de l'instinct et il connaît la maladie. C'est aussi un moyen de se retrouver après s'être perdus de vue pendant de nombreuses années.

J'arrête l'aquagym et je prends une licence au club de natation de Saumur, à trois quarts d'heure de route de chez moi. Je fais des allers et retours deux fois par semaine. Je m'entraîne avec les valides, mais j'ai lâché le papillon pour le 50 et 100 mètres. Je m'offre aussi une séance plaisir hebdomadaire au centre Aquavita, à Angers, sans Marc.

J'arrête aussi la chorale, car je n'ai plus assez de temps à lui consacrer. Je ne cherche pas à ménager la chèvre et le chou, à essayer de concilier les deux activités. Dans la mesure où je ne peux plus être sérieuse dans les répétitions et assurer les concerts, je ne me vois pas continuer. J'écris une lettre à la présidente en m'excusant de ne plus pouvoir remplir le contrat moral. Elle est surprise par mon honnêteté. Moi, ça me semble évident, je ne me verrais pas agir autrement.

À cumuler les longueurs, je me sens de mieux en mieux. L'énergie revient, mon corps se renforce. Je participe à une petite compétition puis deux… Malgré mon âge et mon handicap, j'arrive à faire des résultats tout à fait honorables chez les valides. On est fin 2015. Marc me propose alors : *« Pourquoi on ne tenterait pas d'aller chercher la qualification pour les Jeux paralympiques de Rio ? »*

« Pourquoi tu ne ferais pas les Jeux paralympiques ? » C'est exactement la question que Fred, mon compagnon, m'a posée un an plus tôt, alors que nous passions une soirée tranquille, en amoureux, devant un feu de cheminée, un verre à la main, et que je lui parlais de ma première carrière de nageuse. Nous nous fréquentions depuis quatre ans et nous partions souvent en week-end sur la côte atlantique, à La Baule notamment. On réservait des hôtels avec piscine et on se faisait des courses sur vingt mètres. Je me souviens notamment du château des Tourelles à Pornichet. À la poussée, il prenait un peu d'avance, mais je le récupérais facilement. Il trouvait que j'avais de beaux restes. Je lui ai répondu : *« Tu ne sais pas ce que ça signifie. »* Les réveils aux aurores, les entraînements quotidiens, les kilomètres à enchaîner, le contenu de l'assiette à surveiller, les sorties à décliner… Franchement, il n'avait pas idée.

Mais cette fois-ci, avec Marc à mes côtés et le soutien inconditionnel de mon homme, je suis prête à renouer avec la compétition de haut niveau. Je me lance confiante et déterminée, persuadée de savoir ce qui m'attend. Quelle erreur !

DES ENFANTS ET DES HOMMES

Entre Fred et moi, ça n'a pas été le coup de foudre. Quand je fais sa connaissance, il est marié. Ses trois enfants et les miens fréquentent la même école de Juigné-sur-Loire. Je ne l'aime pas. On ne se parle pas. Un complexe de classe assumé. Il est chef d'entreprise et vit avec sa femme dans une belle maison avec cheminée, grand portail et piscine, dans un joli lotissement en sortie du village. Moi, je suis maman solo dans un logement social avec mes trois petits et je me démène pour joindre les deux bouts. Ce sont les Le Quesnoy, nous sommes les Groseille. Il n'y a pas de jalousie, seulement, nous n'évoluons pas dans le même monde.

Ma fille Alison est du même âge que son fils Paul, et ils sont dans la même classe. À cette époque, le budget anniversaire d'Alison atteint des sommes folles car elle est invitée de partout. Quand arrive celui de Paul, c'est mon père qui l'emmène, car il n'est pas question que je mette les pieds chez eux. Ah, papa ! Il a pris sa retraite anticipée pour s'occuper des enfants. Il est fantastique avec eux. Ils s'en souviennent encore des petits fromages de papi à l'apéro devant *Questions pour un champion*, car maman rentrait tard. Ils l'adoraient, lui qui était beaucoup plus patient que moi. Un jour, mon fils m'a dit en pleurant : *« Je préfère faire mes devoirs avec papi, il est plus gentil, il m'explique mieux ! »* Ça m'a fait mal de l'entendre, mais il faut reconnaître qu'il avait raison. Comme toutes ces mamans célibataires, je multipliais les vies et je pouvais parfois manquer de temps pour lui.

Le matin, il m'arrive de déposer les enfants à l'école en short et cuissardes noires. Je les vois, Fred et sa petite bande de copains qui discutent avant d'aller embaucher. Je capte aussi les regards qu'ils portent sur moi. À ces mecs mariés qui me dévisagent, j'ai envie de répondre : *« Tu peux toujours mater mais ce n'est pas pour toi. »*

Je ne me considère pas comme une séductrice, mais je sens bien que c'est comme ça que les gens me considèrent, surtout les autres mères. Forcément, cette femme divorcée, arrivant de la région parisienne, qui s'habille de façon sexy…, elle va mettre la panique dans les couples.

Elles se trompent. Les hommes mariés ne m'intéressent pas. Je n'ai jamais fauté avec l'un d'entre eux. Je me souviens de Steve qui, quand j'ai commencé à fréquenter Fred, aurait voulu que je sorte avec le papa d'une petite camarade de classe. *« Oui mais non, mon chéri, car son papa est déjà avec sa maman ! »*

Je reconnais qu'après mon divorce, mon esprit de compétition, je ne le mettais pas au bon endroit. Je n'étais pas très sûre de moi. L'arrêt de la compétition, mon nouveau statut de mère célibataire et les conditions de ma séparation m'avaient affaiblie. Les fringues un tantinet provocantes, les bottes qui montent au-dessus du genou, c'était une façon de retrouver un peu de confiance.

Il m'a fallu de nombreuses années pour prendre conscience de ma féminité. Enfant, je portais des sweats et des pantalons, j'arborais une sorte de look entre le garçon et la sportive. Une fois, j'ai porté une jupe que m'avait confectionnée la maman d'une amie et que je trouvais très jolie. Les enfants, qui peuvent se montrer cruels parfois, s'en étaient donné à cœur joie : *« Ta jupe ressemble à une poubelle. »* Cela m'avait vaccinée. En sport-études, je n'avais même pas besoin de me poser la question : je passais plus de temps en maillot de bain et jogging qu'en vêtements de ville. Alors, la quarantaine approchant, je me lâchais. Libre, je vivais la jeunesse que je n'avais pas eue.

L'après-divorce est une période heureuse, même si je rencontre des hommes qui ne sont pas forcément bien pour moi. Mes histoires se terminent toujours de la même façon : mal. Mais ce sont des CDD assez longs, qui durent quatre ans en moyenne. Il faut savoir remercier les relations qui ont capoté. Tu ne remercies pas forcément la personne, mais la situation qui te permet d'évoluer. La vie, ou tu gagnes, ou tu apprends. J'ai beaucoup appris à cette période.

C'est l'époque du changement de lieu de vie également. Greg et Alison sont au collège, Steve termine sa dernière année de primaire. J'ai l'opportunité d'acheter une petite maison dans le quartier des Justices à Angers, grâce à la part d'héritage que m'a léguée maman. C'est une vieille maison des années 1950 des Castors angevins, que les anciens propriétaires ont acquise en location-accession. À plus de quatre-vingts ans, ils se séparent. Ce n'est pas le grand luxe mais elle est habitable tout de suite.

Papa m'accompagne lors de la visite et m'encourage : « *Vas-y, fais une offre.* » Il sait pourtant que cet achat va nous éloigner de lui…

Il y a beaucoup de travaux à faire, et je n'ai pas les finances pour les assumer. Mais je veux une maison à moi, et sa situation rapproche les enfants de leur collège, à Angers. Je fais donc le choix de laisser papa, seul, à Juigné. C'est aussi une façon de le préparer, sans le brusquer, à un avenir sans eux, car il s'est complètement investi dans leur éducation. Grâce à sa retraite anticipée, il m'a permis de retourner travailler et de retrouver une vie sociale et amoureuse. Savoir que les enfants étaient gardés par papa dès 7 h le matin, dans notre logement, jusqu'à tard le soir, c'était royal. Mais les enfants ont grandi. Il est temps qu'ils prennent leur autonomie : ça veut dire qu'ils puissent aller seuls au lycée, au collège, et que ce soit facile. Je reconnais que ce départ cause un trou énorme dans la vie de papa. S'occuper des enfants, c'était sa raison de vivre. Après notre emménagement, il continue de venir nous voir à Angers, jusqu'au jour où l'on se rend compte que ça ne va plus.

Un an après notre installation, papa déclare une tumeur cérébrale. C'est l'année de mes quarante ans. Le 28 février 2008, il oublie de me souhaiter mon anniversaire. C'est moi qui l'appelle pour lui rappeler. Depuis quelque temps, il a du mal à écrire : il me demande de lui remplir ses chèques. Il se tient de moins en moins bien debout. Un jour, il tombe dans la cuisine devant moi. J'en parle à l'un de ses frères, mon oncle Jean-Paul, et lui demande conseil. Mon père a déjà vu son médecin, qui pense que c'est la maladie de Charcot-Marie-Tooth qui évolue. Mais on sent qu'il y a autre chose. Je l'emmène aux urgences. Il ne retournera jamais chez lui. Il fait un œdème cérébral. Son cerveau gonfle, il doit être opéré. Les examens montrent également qu'il a une carotte au milieu du cerveau, pile entre les deux hémisphères. Inopérable.

Il est hospitalisé aux Claveries, dans le service de soins médicaux et de réadaptation du CHU d'Angers. Quand on nous propose un gros traitement chimique, mon frère et moi refusons, car nous ne voulons pas faire souffrir davantage notre père. Ma tante, qui est en fauteuil, lui rend visite tous les jours. Avec mon oncle Jean-Paul, ils se relaient, car entre le boulot et les petits, je ne peux pas me libérer autant que je le voudrais. Lorsque ma maladie se déclare au printemps, il ne réalise pas. Sa conscience s'envole doucement.

Le dernier Noël, je ne le passe pas avec lui, je suis avec un autre homme, mon compagnon de l'époque. Je ne culpabilise pas. Papa me répète toujours : « *Vis ta vie.* » Je lui ai fait la promesse que je ne changerai pas vis-à-vis de lui, je ne me laisserai pas envahir par la maladie. On continue de blaguer. Parfois, quand je vais le voir, il me dit : « *Faut vider la poche de la sonde.* » Je lui réponds : « *Non, on va appeler l'infirmière* », car je ne veux pas passer au statut de soignant. Je veux rester sa fille.

Après Noël, je laisse s'écouler quelques jours avant de retourner le voir. Je suis juste passée en coup de vent déposer une boîte de chocolats pour les infirmières. L'une d'elles m'appelle. Je pense naïvement qu'elle veut me remercier pour le présent. Non, elle m'annonce le décès de papa. Je pousse un cri horrible, animal. Greg, mon aîné, qui est dans sa chambre, descend en courant. Je ne culpabilise pas de ne pas avoir été là quand il est parti. Reste le regret de ne pas avoir déposé le dernier bisou sur son front.

Lorsque je me suis installée à Angers avec les enfants, certaines personnes ont pensé que je m'étais servie de mon père à un moment donné, que maintenant qu'il était malade, je n'avais plus besoin de lui et que c'est pour cela que je quittais Juigné. C'est faux. Mon père n'était pas malade à ce moment-là. Il avait compris ma décision et il m'encourageait.

La mort de papa signe le début d'une longue série de décès dans la famille. Entre 2008 et 2015, je vais perdre une dizaine de proches, un oncle, deux tantes – dont ma tante Thérèse qui est partie également un mois de décembre –, une cousine à l'âge de cinquante ans... Noël est une période difficile pour nous, car on avait l'habitude de se réunir en famille élargie. Or, à chaque réveillon, on voit les chaises disparaître un peu plus autour de la table...

Janvier 2009, la quarantaine, divorcée, trois enfants. Mon père vient de mourir, je suis atteinte de Charcot-Marie-Tooth et mon compagnon n'assure pas. Il habite en Loire-Atlantique à 80 kilomètres. On s'est rencontrés sur les sites de rencontre en ligne. Il ressemble à tous mes ex : le beau gosse aux intentions pas toujours romantiques. Rien à faire, je tombe toujours sur le même type d'hommes, et je commence à me demander si le problème ne vient pas de moi...

Dans la vie, je ne me mets qu'une seule limite, la règle n° 1, celle que j'ai héritée de mes parents et que j'ai transmise à mes enfants : *« Ne jamais se faire de mal. »* C'est la règle de l'agent spécial Gibbs, dans la série *NCIS* –

Je suis fan ! Bien sûr, la série n'existait pas à l'époque de mes parents, mais ils l'appliquaient sans le savoir. Avant d'agir, je me pose toujours cette question : *« Est-ce que je me mets en danger quand je fais ça ? »* Ensuite, quand je fais des choix, je les assume.

Avec cet homme, on vit de bons moments charnels, mais il a du mal à s'investir. C'est une histoire d'amour compliquée et la révélation de mon handicap n'arrange rien. Il n'est pas à l'aise. Pire, il a peur, ne supporte pas mes orthèses, me fait culpabiliser et il me trompe. Un jour, en 2011, mon ancien entraîneur Jacques m'appelle pour prendre de mes nouvelles. À ce moment de ma vie, mes parents sont décédés, et mon mentor s'adresse à moi en tant que femme, comme il l'avait fait lors du décès de ma mère, mon pilier, où il m'avait dit : *« C'est maintenant qu'il va falloir être costaud. »* Lorsque je lui parle de la maladie, il me répond simplement : *« Supiot, ça va aller dès lors que tu es bien accompagnée et épaulée. »*

Sa phrase me fait l'effet d'un électrochoc : j'ouvre enfin les yeux sur cette relation. En raccrochant, je réalise que non, je ne suis pas bien accompagnée, et que mon partenaire n'est pas l'homme qu'il me faut pour surmonter cette épreuve. Je comprends qu'il a plus d'attirance pour le corps que pour l'esprit et qu'il n'est pas solide. Grâce à mon ancien entraîneur, je mets fin à mon histoire amoureuse, après quatre ans de relation. Avoir un handicap, c'est une bonne sélection naturelle ; ça assainit l'entourage. Jacques décédera deux ans et demi plus tard, en janvier 2014, en me laissant ce bel héritage qui va changer ma vie.

Quelques mois plus tard, fin mai 2011, mes potes organisent une soirée à la Cabane, une maison de campagne où l'on se retrouve régulièrement entre conscrits pour faire la fête. Mes potes d'enfance forment une base solide. Je n'ai pas beaucoup d'amis, mais j'ai les bons. Je ne suis pas quelqu'un qui va aller chez les gens, qui va appeler tous les jours pour prendre des nouvelles, mais les moments de retrouvailles, je les vis à fond.

Fred est présent à la soirée. Même s'il ne fait partie de la bande, il joue au football avec mes copains, et l'un d'eux, Wilfried, qui pense qu'entre nous deux ça pourrait marcher, l'a invité. Cela fait un moment que l'on ne s'est pas vus. Je vis désormais à Angers et je ne suis plus la femme qu'il a connue quand on se croisait dans la cour de l'école. J'ai abandonné les cuissardes : elles ne tiennent plus sur mes jambes trop fines. Terminé également les talons. Fred, lui, est séparé de son épouse depuis deux ans. Il a rencontré d'autres femmes depuis, sans jamais trouver la bonne.

Il est là, tout mignon. Je ne le déteste plus. L'alcool aidant, je l'aborde frontalement : *« T'es chasseur, toi ? » « Ben ouais. » « Je prendrais bien un petit coup de fusil ! »* en mimant les oreilles de lapin. L'humour Supiot, bien potache. Il est choqué mais ne m'en tient pas rigueur. Je lui plais.

Après la première nuit ensemble, il me dit : *« Tu vas voir, ma pépète, elle est adorable. »* Il parle de sa fille, Lise, qui a six ans. Courage, fuyons ! J'imagine déjà le scénario dans ma tête : la famille recomposée, les enfants, la famille, la belle-mère... Je prends peur, ça va trop vite ; je n'assume pas du tout. Je viens de sortir d'une relation ; tout ce que je veux à ce moment de ma vie, c'est chanter au sein de ma chorale, être libre de faire ce que j'aime à fond. Rapidement, je mets les choses au clair : *« Je veux bien que tu sois un ami « plus », mais je ne veux pas de relation plus sérieuse. »* Lui veut une belle histoire et croit très fort en la nôtre. On stoppe, après quatre jours à s'être fréquentés.

Je passe l'été toute seule et j'en profite à fond : je chante et j'essaie le parapente. Je l'ai dit : le handicap ne m'arrête pas. Quelque temps après, je le croise en compagnie d'une femme. Il m'en veut encore de ne pas avoir laissé une chance à notre relation. Cette situation me pèse car nous fréquentons les mêmes personnes et je ne veux pas que nous restions fâchés. Mon pote Wilfried ne lâche pas l'affaire. Il me fait comprendre que la nouvelle histoire de Fred ne va pas durer.

Début octobre, je l'appelle et lui propose de nous revoir. Il accepte, mais cette fois-ci, il se montre un peu plus prudent. Comme un bon chasseur qui, la première fois, s'est précipité et a retenu la leçon, on décide de faire la relation à l'envers. Pendant trois semaines, on apprend à se connaître, sans passer par la case intime : on se voit souvent, on dîne au restaurant, on se rassure doucement.

Avant, j'étais passionnée ; avec Fred, je découvre l'amour. Fred me cueille. Il bouleverse tous mes repères. Mon type, c'était les grands bruns ténébreux. Fred est blond vénitien, de taille moyenne, un peu moelleux et prend des coups de soleil qui, avec ses taches de rousseur, donnent l'impression qu'il a bronzé avec une passoire. Petit, il était revenu de l'école et avait confié à sa mère, tout fier : *« À l'école, ils ont dit que j'étais un requin ! » « Tu es sûr qu'ils ont dit requin ? »* Bien entendu, les enfants l'avaient traité de *« rouquin »* en se moquant de lui. Mais dans un sens, il avait raison : Fred, c'est mon requin.

Dès le départ, il m'accompagne chez le neurologue car il veut comprendre de quoi je souffre et ce qui l'attend. Ses copains le mettent en garde : *« Tu sors d'un divorce, et là tu choisis une femme handicapée ! »* Ils me connaissent mais ça ne les empêche pas de lui mettre une pression de fou. C'est ce genre de réactions qui plus tard, à la reprise de la compétition, me donnera de la force. Si je m'entraîne aussi dur, que je vise aussi haut, c'est pour montrer aussi que Fred ne s'est pas trompé. Il est allé au-delà de tous les regards et de tous les préjugés. Peu de personnes auraient fait ce pari de se mettre en couple avec une femme appareillée.

Il fallait oser miser sur le bourrin ! Je parle de bourrin mais je me vois davantage comme une jument ; certes blessée, mais une jument quand même. Mon chéri a cru en moi et en notre couple. Aujourd'hui, je suis sa femme, et quand les autres me regardent, ils voient la sportive, pas l'éclopée.

Je fais en sorte de rester féminine malgré mon handicap. Fred aime les ongles rouges, les bas et les talons hauts. Forcément avec des baskets, tu n'as pas le même rendu, mais tu peux conserver une attitude sexy. L'attitude, c'est toi qui l'as crée.

Au début de notre relation, je ne suis pas tendre avec lui. Le handicap m'a rendue agressive. Je suis un vrai chat sauvage et je sors les griffes à la moindre réflexion ou contrariété. Je n'ai pas envie de plier. Il essuie les plâtres pour les autres. Je force les limites à l'extrême. Avant, je les mettais trop basses, alors, cette fois-ci je pousse le curseur. Trop haut probablement. Mais j'ai besoin de tester sa résistance.

Il m'organise un voyage surprise. Quand il m'annonce qu'on part au Mexique, ma première réaction est de lui faire signer une attestation dont les termes prévoient que, si on se sépare, il ne me demandera rien, car financièrement je ne pourrai pas le rembourser. J'ai encore le papier. Il m'offre également une belle et grande cage à oiseaux, dans laquelle il a créé de larges ouvertures. C'est sa façon de me dire que, même si le couple peut parfois ressembler à une prison, je pourrai toujours m'échapper. Il y a mis le prix et trouve l'intention romantique. Je le prends très mal et les envoie balader, lui et son cadeau qui termine à la poubelle : *« On ne me met pas en cage ! »* Face à un tel caractère, Fred a coutume de dire à ses amis : *« Une Supiot, ça ne se conduit pas, ça se pilote. »*

Nous sommes très différents mais nous avons trouvé notre équilibre. C'est essentiel l'équilibre dans un couple.

Fred a de multiples facettes. Il est plein de bonhomie, a de l'humour, mais c'est aussi un puits de science. On est très différent mais on se complète. Sa connaissance générale vient enrichir mes centres d'intérêt ; je suis davantage portée sur le développement personnel, la nutrition. Il met du beurre dans ses plats, il aime la bonne chair et le bon vin, c'est un épicurien. Moi, je préfère les légumes vapeur aux croissants et je suis toujours prête à essayer un nouveau régime. Fred a trouvé la formule : *« Claire ne mange pas, elle s'alimente. »*

Il a besoin d'être entouré de copains, de les voir souvent. C'est un habitué des apéros. Moi, je suis reliée aux autres mais j'ai aussi besoin de vivre pour moi. Ça ne me dérange pas de ne pas sortir, de ne pas faire la fête. J'apprécie davantage les échanges intimes que d'être quinze ou vingt à table, avec des potes, à boire et à manger. Je n'y trouve pas forcément mon compte. Il y a quelque chose, dans ces conversations, qui n'est pas abouti.

Fred m'apprend les bienfaits de la routine dans le couple. Je ne cherche plus à séduire et à avoir tous les hommes. J'en ai consommé assez, aujourd'hui le mien me suffit. Quand on me dit que je suis belle, ça fait toujours plaisir, mais je ne suis plus à la recherche des autres regards ; le sien est suffisamment fort pour me combler. Ce serait très difficile de le perdre. Il est mon point d'ancrage.

Fred m'apporte cette liberté d'être moi-même, mais pour lui, c'est encore parfois déstabilisant. Quand je suis fatiguée et que je n'ai pas envie d'aller voir les potes, je ne fais pas d'efforts. Je suis cash. Je ne fais pas de compromis.

Très vite, Fred souhaite que l'on emménage ensemble. Moi, je me serais bien vu continuer à habiter séparément pendant quelque temps encore, mais ce n'est pas sa conception du couple. Il est convaincu d'avoir trouvé la bonne personne et ne veut pas perdre de temps. Je lui propose de venir vivre chez moi, à Angers. J'habite une petite maison de quartier, étroite à l'étage, avec trois chambres et un tas de travaux à réaliser. À ce moment-là, Greg est à Saint-Nazaire et Steve, interne au lycée militaire du Prytanée. Mais à nous deux, nous avons quand même quatre enfants à caser. Fred me dit : *« Ce n'est pas jouable. Je ne peux pas mettre mes enfants là-dedans. »* Sa maison est trois fois plus grande, avec cinq chambres et un grand jardin. Je vends la mienne et, pour la deuxième fois, je retourne vivre à Juigné-sur-Loire.

La cohabitation entre les membres de notre famille recomposée n'est pas tous les jours facile. Il s'agit d'une question de territoire. Les enfants de Fred sont en garde alternée. Ils vivent à la maison une semaine sur deux. Ils gardent leurs chambres. Les miens doivent se partager les espaces restants. Alison s'installe dans la chambre d'amis, Steve dans le bureau, lorsqu'il est là le week-end. Ils s'adaptent comme ils peuvent, tandis que les enfants de Fred regrettent de ne plus avoir la quatrième chambre pour recevoir leurs amis. Ce n'est simple pour personne.

Lorsque Fred et moi nous nous disputons, c'est toujours à cause des enfants. Jusqu'au moment où ils grandissent, deviennent indépendants ; ils partent, ils reviennent... Les tensions diminuent. Mais aujourd'hui encore, à les regarder grandir, il y a des choses qu'on a du mal à accepter. On ne voit pas les enfants de l'autre avec les mêmes yeux. Heureusement, lorsque l'on va trop loin dans nos échanges, on réussit désormais à prendre du recul : *« Eh, tu sais quoi ? Ils font comme ils veulent. »*

Mes enfants vivent ma maladie tous les trois de manière très différente. Greg, mon aîné, garde une certaine distance, toujours sur la réserve. Alison, en pleine adolescence, m'accompagne totalement au point d'inverser les rôles. Un jour, je me réveille, je réalise que je fais n'importe quoi, que c'est elle qui prend soin de moi et que ce n'est pas dans l'ordre des choses. S'occuper de ses parents, c'est normal mais lorsqu'ils sont bien plus vieux. Alors je lui dis : *« C'est bon, ma chérie, maman est là. »* Face à cette reprise de contrôle, elle me répond, en panique : *« Mais je vais faire quoi moi maintenant ? »*

Pour Steve, le plus jeune, le déclic a lieu lorsque le journal local, Le Courrier de l'Ouest, publie un long article, à l'occasion de mon retour à la compétition. Sur la photo qui accompagne le texte, je pose avec mes grosses chaussures orthopédiques aux pieds. Dans son papier, le journalisteretrace ma première carrière de nageuse : il parle de mes titres de championne de France, de mon record, des Jeux... À travers ces lignes plutôt élogieuses, Steve découvre que je ne suis pas seulement une maman handicapée mais une maman qui a fait du sport à un haut niveau. Steve, le sport, ça lui parle. C'est un compétiteur dans l'âme. Il est fier. Cette révélation lui fait du bien et à moi aussi. Il me rappelle d'où je viens et qui je suis.

Il y a cette anecdote qui résume bien mes enfants. Nous sommes à la montagne avec toute la famille. On entreprend une ascension. Arrivés au sommet, on a prévu de prendre les télécabines pour le retour. Sauf qu'elles ne sont pas en fonctionnement. *« Ce n'est pas grave,* je dis, *je vais redescendre à pied. »* Greg, qui sait que j'ai des difficultés dans les descentes, imagine déjà la chute : *« Ça ne va pas, tu ne vas pas faire ça ! »* Steve et Alison prennent ma défense : *« Laisse, si maman veut le faire ! »* Je suis arrivée en bas sans encombre mais peut-être aussi grâce à la vigilance de mon grand.

Greg est incontestablement le plus protecteur des trois. Mon aîné a été grand tout de suite. Petit, il avait déjà l'air sérieux. Je me rappelle que ma mère avait fait faire des photos de lui, posé sur un tabouret, avec sa chemise rouge de bûcheron. Il avait juste deux ans, mais il en faisait deux ou trois de plus. Au moment de la séparation, il n'avait que cinq ans, mais il voulait déjà tout gérer. Il avait besoin de commander, d'être responsable de tout. Je me suis battue contre lui, car je refusais qu'il soit le lien entre moi et son père. Il avait pris la posture de chef de famille, or le chef de famille c'était moi. On s'est un peu accroché. Greg est adorable, prévenant, mais il a un côté très rigoureux. Contrairement à moi, il lui manque un grain de folie, de légèreté, même si paradoxalement, il peut parfois être complètement déjanté. Il a une rigueur, un sérieux que je n'ai pas, mais on a en commun notre humour potache que les gens ne comprennent pas toujours.

Ali est *attachiante*. Toutes les deux, ça frite, ça recolle, c'est très intense, fusionnel. Elle a toujours été très originale. Je me souviens lorsque je partais très tôt au travail et que c'est mon père qui la préparait le matin : je la récupérais le soir avec des collants en laine, en plein hiver, et des chaussons verts en forme d'araignée aux pieds... Mon Dieu, quel look ! Mon père, qui l'avait laissé faire, se défendait : *« C'est ce qu'elle voulait mettre. »* À l'école, elle faisait plein de fautes d'étourderie. J'avais été convoquée parce qu'elle était soi-disant meneuse. Mais en réalité, elle ne faisait que réagir à des attaques. Ce jour-là, ils s'étaient méchamment moqués d'elle. Les chats ne font pas des chiens : elle avait répliqué. Sa maîtresse m'avait fait la leçon : *« Vous savez qu'Ali n'est pas très gentille avec ses camarades ? »* On ne retient que les gens forts. Et les gens forts s'en prennent plein la tête. Alison s'en est pris plein la tête. Elle me ressemble, et chaque jour, notre complicité grandit pour mon plus grand bonheur.

Et Steve... Doudou, comme ils disent tous : *« Doudou, c'est Doudou. Le petit dernier. »* Je me reconnais beaucoup en lui. Déjà, parce que, comme moi, il a quitté très tôt la maison pour partir en internat.

Doudou a toujours eu de l'ambition. Il a toujours voulu faire quelque chose de grand. Ç'a été difficile de le laisser partir en seconde au Prytanée. Vu son caractère, c'était tout bon ou tout mauvais. *« Excès en tout est un défaut »*, c'était une phrase de mon entraîneur. Il en a bavé. Je sais ce que c'est l'internat. Quand on l'emmenait au bus avec Fred, le dimanche soir, il pleurait. Mais il était déterminé à réussir, il savait ce qu'il voulait. Steve partage mes valeurs. Il s'est construit sans la famille, loin de nous. Le week-end, il préférait aller chez son père, à Paris, car il savait qu'il pourrait étudier au calme. Il y avait toujours du monde chez nous, des distractions. Ce besoin d'être dans sa bulle, je le comprends tellement...

Mes enfants sont tous les trois attachants. Quand ils sont ensemble, ils se bouffent le nez, mais quand ils ne sont pas ensemble, ils se cherchent. Ils sont différents et je les aime si fort. Ils sont ma force.

Peut-être que l'erreur que j'ai faite est de ne pas les avoir poussés à faire du sport. J'ai endossé le rôle d'éducateur. L'éducateur ne force pas les enfants qui n'ont pas envie d'y aller. Il y a une seule chose que j'exigeais d'eux, comme mes parents l'avaient fait avec moi : s'ils commençaient un sport, ils faisaient au moins un trimestre. Cette méthode a fonctionné : ils ont toujours terminé l'année qu'ils avaient entamée. Mais je sais aussi que les bases sont là. Greg fait du water-polo, Steve du rugby. Alison s'est mise à la course à pied. Ils ont quand même conscience qu'il est important de bouger.

Avec eux, j'ai appris à laisser faire, à écouter, à ne pas réagir, et les choses se mettent en place d'elles-mêmes. Mon frère Marc aime bien la formule : « Se laisser porter par les événements. » Avant, j'avais beaucoup de mal avec ça. J'avais besoin de tout contrôler. C'est grâce à lui que j'ai pu écrire ce livre, en acceptant de lâcher prise et de me livrer.

Sans Fred, je n'en serais pas là. C'est lui qui m'a ramenée vers les bassins. Lui qui m'a soufflé l'idée des Jeux paralympiques. Qui a consenti à tous les sacrifices pour me voir rafler des médailles, m'a accompagnée, soutenue, encouragée dans les hauts et surtout les bas. Fred, c'est mon roc, mon requin. Et un requin à mes côtés, ça n'était pas de trop pour affronter ceux du handisport.

1959 - Le mariage de mes parents.

1970 - Moi, bébé avec mon frère Marc.

1980 - À douze ans. © Archives Courrier de l'Oues

1998 - Avec mes enfants.

2016 - Avec mon frère Marc. © Garçon Supiot

2018 - Championne d'Europe. © Garçon Supiot

2020 - Au centre aquatique Claire-Supiot à Pierrefitte-sur-Seine (93). © Garçon Supiot

2020 - La transmission avec Jules, un jeune nageur angevin. © Photo Théo Bariller-Krine

2024 - Départ de mon dernier 400 m, avec Jacky,
lors de la Coupe du monde à Limoges.. © Garçon Supiot

2022 - Mon mariage avec Fred. © Garçon Supiot

2022 - À mon mariage avec mes enfants. © Garçon Supiot

2024 - Le relais de la flamme olympique à Angers, le 28 mai. © Escape Feeling

2024 - Avec ma petite-fille Helena lors du relais de la flamme. © Escape Feeling

2024 - Avec Fred et sa maman lors du relais de la flamme. © Garçon Supiot

2024 - "La MiFa". © Garçon Supiot

2024 - Avec Richard, Jacky, Fred et Marc
lors de la dernière compétition. © Ouest-France

PAS LE MONDE DES BISOUNOURS

« Le milieu handisport n'est pas le monde des gentilles fées et des mignons lutins. Je ne suis pas la bienvenue. Certains responsables et athlètes ne comprennent pas ce que je leur veux.

En janvier 2016, mon frère Marc arrive à Angers en tant qu'entraîneur dans notre ancien club. Fini les allers et retours à Saumur. Je prends une licence à Angers Natation. C'est le retour aux sources. Je retrouve avec bonheur la piscine Jean-Bouin, celle de mes débuts et à laquelle je suis très attachée.

Je m'entraîne aussi à Aquavita, le grand centre aquatique, mais Jean-Bouin, c'est ma piscine de cœur. Je m'y sens chez moi. Les agents d'entretien sont adorables. La piscine est propre : tu ne vois pas de cheveux dégueulasses au fond du bassin quand tu nages. C'est l'une des rares piscines où, lors des compétitions, ils ne mettent pas d'eau dans le pédiluve. Tu peux passer tranquillement avec ton fauteuil roulant ou tes orthèses que tu n'es pas obligé d'enlever et de remettre à chaque passage. Les agents gardent le tuyau à la main pour s'assurer que les vestiaires soient toujours impeccables.

Quand tu arrives le matin, à 6 h 30, dans un état parfois un peu comateux, quand la nuit n'a pas été bonne, que tu manques de sommeil, ils sont déjà là et t'accueillent avec le sourire. Ça me galvanise. Ils me donnent la banane. L'un des agents, en partant à la retraite, m'a même offert le carré pour accéder au vestiaire des handis, pour me faciliter la vie. Son geste m'a beaucoup touchée.

J'ai plaisir à dire bonjour à ceux qui font vraiment fonctionner la piscine : les dames de l'accueil, les agents d'entretien. Tous ces personnels je ne les ai jamais considérés à mon service. À Dinard, c'était la même chose. Dès que j'arrivais, je saluais tous les maîtres-nageurs. Quand j'y suis retournée, il y a une dizaine d'années, c'est ce qu'ils ont fait ressortir : *« On se rappelle de toi, tu faisais toujours le tour du bassin. »* J'aime qu'on se souvienne de moi pour ces tout petits mots. Ça compte autant que les médailles et la carrière. Encore un héritage de ma mère qui tenait l'agence postale et qui, par esprit de politesse et de convenance, me demandait de dire bonjour à tout le monde dans la rue. Plus qu'une obligation, avec le temps, c'est devenu un réel plaisir, voire un petit jeu. Parfois, les gens, ça les embête, ils ont décidé de faire la tête mais toi, tu continues à leur dire bonjour, en espérant que, peut-être, grâce à ton sourire, ce jour qui a visiblement mal commencé sera finalement un « bon jour » pour eux, pas un mauvais.

Lorsque fin 2015, Marc et moi décidons d'aller chercher la sélection pour les jeux paralympiques de Rio, qui se tiendront neuf mois plus tard, nous ne savons pas encore ce qui nous attend. Nous n'avons aucune idée des difficultés auxquelles nous allons devoir faire face. Marc fixe seulement une règle : *« Peu importe l'enjeu, aucune médaille ne vaudra de mettre en péril ton intégrité physique. »*

Le milieu handisport n'est pas le monde des gentilles fées et des mignons lutins. Je ne suis pas la bienvenue. Certains responsables et athlètes ne comprennent pas ce que je leur veux. J'ai fait les jeux valides, j'ai quarante-huit ans, et je débarque avec une maladie neurologique que l'on ne définit pas bien. Certes, mon handicap est visible. Mes jambes ne sont plus que deux brindilles. Je vacille sur mes appuis. J'ai besoin d'une canne pour me déplacer. Mais mon handicap n'est pas aussi net qu'une amputation. Certains se disent que je vais peut-être prendre la place de quelqu'un. Ils évoluent dans un cercle fermé, se connaissent tous et, visiblement, n'aiment pas les étrangers.

La première épreuve consiste à se battre pour obtenir des renseignements. Avec Marc, on découvre un système verrouillé. Les informations nous parviennent au compte-gouttes : sur les procédures, les règlements...

On pose des questions, on insiste. On rentre véritablement en guerre. On sent une telle réticence en face qu'on en devient parano. On pense qu'ils ont une dent contre nous, qu'ils en font une affaire personnelle. Puis, plus tard, on se rend compte qu'il y a quand même des lacunes d'organisation au niveau de la fédération.

On ignore tout du système de classification, qui est la clé de voûte du handisport et la première étape indispensable avant de débuter la compétition. Ce système permet de classer les athlètes en fonction de la lourdeur de leur handicap et de leurs capacités fonctionnelles. Il est censé rétablir l'équité entre eux. Pour les athlètes atteints d'un handicap physique, il existe quatre catégories : les athlètes amputés, les athlètes avec lésion de la moelle épinière, les athlètes avec paralysie cérébrale, autrement dit les infirmes moteurs cérébraux. Moi, je fais partie de la dernière, sous l'appellation « Autres catégories », celle qui regroupe les « athlètes atteints d'affections provoquant des problèmes locomoteurs et non couverts par les catégories mentionnées ci-dessus », comme la polio, la sclérose, la dystrophie musculaire… et Charcot-Marie-Tooth, entre autres. Un gros melting-pot. Nous, les neuros, sommes clairement les moins nombreux. Il y a dix classes pour les nages papillon, dos et crawl, qui vont de S1 à S10. C'est un peu différent pour la brasse : on parle de SB1 à SB9. Plus le chiffre est élevé, plus le handicap est léger. Plus le chiffre est proche de 0 et plus le handicap est lourd. Cela permet que chaque athlète concoure avec des personnes du même niveau.

Pour obtenir sa classification, le nageur doit être vu par un duo de spécialistes qui vont se baser sur le dossier que vous leur avez transmis, contenant tout ce qu'il faut savoir sur votre pathologie : les examens médicaux, les attestations, etc., avant de passer à l'examen à proprement parler, sur la table d'auscultation et dans l'eau. J'en ai déjà passé une au niveau national. Les instances françaises m'ont classée S10, le niveau le plus élevé. Mais si je veux tenter Rio, je dois obtenir la classification internationale.

Seulement voilà... À qui s'adresser ? Où trouver les documents à remplir ? Quelles pièces fournir ? On est obligé de se débrouiller tout seuls. On demande des autorisations que l'on nous accorde mais on ne nous accompagne pas dans nos démarches. Parfois, la rétention d'informations ressemble même à des peaux de banane. Je passe les tests médicaux demandés pour le montage du dossier, mais personne ne me précise qu'il faut les faire traduire. Je trouve un traducteur à l'arrache, et je parviens à envoyer le dossier juste avant l'expiration du délai de remise.

Pour ma première classification internationale, j'avais la possibilité de la passer en Allemagne, mais ils ne nous préviennent pas et je l'apprends trop tard. Je n'ai plus le choix, je dois me rendre aux États-Unis. Financièrement, je ne peux pas. Fred me dit : *« Banco, on y va ! »* Il paie le voyage et part avec moi. Ça surprend tout le monde. Sans mon chéri, rien n'aurait été possible. Il a été mon premier partenaire financier, et avec Marc, mon seul soutien à cette époque-là. Mon frère me prévient tout de suite : *« Si tu es S9, on tente les Jeux, c'est possible. Si tu es S10, on plie, ce ne sera pas jouable de le faire en neuf mois car le niveau sera trop difficile par rapport à ta pathologie. »*

À cette époque, je ne porte plus mes chaussures à vérins depuis quelque temps déjà. Elles m'ont aidée à reprendre confiance dans mes déplacements, mais au bout de deux ans, j'étais arrivée au bout du système. Ludovic, mon kiné, m'avait récupérée complètement bloquée du dos. Au fur et à mesure de l'évolution du handicap, il fallait que je supporte des vérins de plus en plus gros. Fred, armé de la clé de 8 qu'il m'avait offerte lorsqu'on s'était mis ensemble, continuait de me les régler, mais je n'avais plus assez de force pour appuyer dessus. La rééducation à l'hôpital qui a suivi puis la reprise sérieuse du sport m'ont musclée et permis de rééquilibrer un peu ma marche.

J'ai quand même besoin d'une canne trépied pour monter sur le plot de départ, car je n'ai pas encore d'assistance. À l'aéroport d'Atlanta, où on fait escale, les douaniers nous arrêtent. Ils ont passé la valise aux rayons X et ont cru que c'était une arme. Ils nous retiennent une heure et demie dans un bureau, avant de nous laisser repartir.

Oklahoma City, ce n'est pas la porte à côté, ce n'est pas donné non plus, mais, finalement, ça vaut le coup : je reviens avec la classification S9 en poche. Le défi est lancé. L'aventure commence.

Pour avoir une chance de s'envoler pour le Brésil, il faut d'abord réaliser les minima de temps, le sésame. Et espérer ensuite être retenue par la Fédération française de natation handisport. Je participe aux championnats de France, en mars… où je décroche ma qualification ! Mais comme à Séoul, vingt-huit ans plus tôt, je ne suis pas la seule en lice et je vais encore devoir me battre pour défendre ma place. J'ai l'habitude. À chaque fois que des bonnes choses arrivent dans ma vie, c'est parce que je suis allée au combat, je suis allée les chercher. C'est dans l'épreuve que je suis la meilleure. Sauf, que cette fois-ci, je vais perdre.

Ma « concurrente » s'appelle Anita. Elle a cinq ans de plus que moi et se déplace en fauteuil à cause d'une sclérose en plaques. C'est une grande championne qui a déjà une olympiade à son actif. À Londres, en 2012, elle n'a pas décroché de médailles mais c'est une redoutable compétitrice, parfaitement intégrée dans le milieu handisport et respectée par tous les autres nageurs. Nous ne sommes pas dans la même classification. Elle évolue en S5, quatre niveaux en dessous du mien. Mais la fédération a des quotas et ne peut envoyer au Brésil que l'une de nous deux.

On est de niveau équivalent dans nos classes respectives. Dans l'eau, j'ai même une petite longueur d'avance. Mon frère a listé nos dernières performances et les a comparées. J'ai progressé, Anita un peu moins… Dans ma classification, je suis concurrentielle par rapport à la sienne. Mais elle a un atout considérable à faire valoir : son passé d'athlète handisport de haut niveau. Elle est reconnue par tous. Admirée. Comment faire le poids ? Personne ne me connaît. Je suis arrivée il y a six mois à peine et, avec mon expérience passée chez les valides, on me regarde avec défiance et je ne suis pas du tout appréciée.

La fédération la choisit et m'écarte. C'est validé par le Comité paralympique de sélection, organe du Comité paralympique et sportif français, qui lui-même entérine la décision.

Je décide de ne pas en rester là. Avec Marc, on introduit une demande de conciliation, une procédure prévue par le Code du sport : on cherche avant tout des explications, car je vois dans cette décision une forme d'injustice et le dysfonctionnement d'un système. À cette époque, la fédération évolue avec un petit groupe de trois nageuses dont Anita fait partie. Ensemble, ils se connaissent partent régulièrement en stage. Ils n'ont pas anticipé l'arrivée, pendant l'année des Jeux, d'une athlète qui pourrait jouer les trouble-fête et perturber leurs plans. Mes résultats chamboulent cette petite équipe. Bien sûr que le choix de retenir Anita n'est pas un hold-up, mais j'ai l'impression que mon cas a été trop vite expédié, que mon dossier n'a pas été étudié sérieusement. Ils n'ont pas pris la peine de faire semblant de réfléchir et ont annoncé tout de suite son nom, alors que je remplissais moi aussi tous les critères, que j'avais même une petite avance au niveau de la progression. *« C'est notre choix »*, ont-ils simplement dit. Cela me semble normal de demander des explications.

L'audience se déroule le 28 juillet 2016, nous sommes alors à un mois des Jeux. Le directeur technique national et le directeur sportif adjoint de la Fédération française handisport sont présents, ainsi qu'Anita qui a été invitée à participer en qualité de tiers intéressé au litige. Je ne comprends pas pourquoi on l'a fait venir. En agissant ainsi, on nous place l'une en face de l'autre, et ce n'est pas beau. Ce sont des moments éprouvants. Anita dépense beaucoup d'énergie. J'aurais préféré me retrouver seule face à la fédération, afin d'entendre ses arguments et la préserver.

Le conciliateur rejette ma demande au motif qu'elle n'est pas recevable car elle a été présentée hors délai. On nous fait venir, on regarde les performances de l'une et de l'autre, on nous écoute exposer nos arguments… Et ça se finit par un rejet sur la forme, sans que le conciliateur ne s'exprime sur le fond. Je suis frustrée car, au-delà de ma non-sélection, je n'obtiens pas ce que j'étais venue chercher : des explications.

Anita ira bien à Rio mais ne gagnera pas de médailles. Certains nageurs, plus tard, m'ont reproché d'avoir porté cette affaire devant le conciliateur. Je n'ai jamais voulu attaquer Anita. Je me suis battue contre un système de sélection mal pensé, pas contre cette athlète. Je n'ai fait que défendre mon droit. À la fin, la fédération m'a bien dit : *« Claire, on en a tous les ans des athlètes qui portent réclamation à propos de leur non-sélection, c'est normal et tu as bien fait. »*

Depuis, le système a changé. Maintenant, la sélection des athlètes se fait à partir de grilles de temps et de performances établies par la Fédération française handisport, plusieurs mois avant la tenue des Jeux paralympiques. À l'époque, ce n'était pas aussi net, aussi transparent.

Il n'y a pas que ce système de quotas qui pose problème. Je trouve aberrant qu'on ne soit pas en inclusion totale. Par exemple, le paratriathlon est géré par la Fédération française de triathlon. Nous, on est une fédération handisport qui a la particularité d'avoir plusieurs disciplines. Sauf qu'on se rend compte, en natation, que tous ceux qui ont fait des médailles au championnat du monde 2022 – douze médaillés – sont dans des clubs dépendant de la Fédération française de natation et s'entraînent avec des valides. Pourquoi ne sommes-nous donc pas intégrés à la FFN ? C'est quand même les handis qui ramènent le plus de médailles. Nous ne sommes pas dupes, les valides offrent une autre vitrine. Mais il faut être honnête, on s'entraîne avec des valides sous l'égide d'entraîneurs de valides qui adaptent leur entraînement pour nous.

En même temps, le handisport c'est compliqué, il y en a tellement de différents, je ne peux donc pas leur jeter la pierre. C'est une nébuleuse, mais ils font au mieux, c'est ce que je me dis. Quand le politique se mêle au handicap, ce n'est pas facile de prendre des décisions. Mais ce n'est pas simple pour nous, nageurs, d'évoluer là-dedans, car on est quand même en porte-à-faux sur pas mal de choses. On n'est pas tout à fait valide, on n'est pas tout à fait dans une structure handisport qui peut nous emmener au plus haut niveau. L'athlète est au milieu. Parfois, papa et maman ne s'entendent pas, et nous, on est au milieu et on se fait gronder. En attendant, on n'a pas d'autre choix que de continuer à avancer.

FAUT PAS POUSSER MAMIE DANS LES ORTIES

Avec l'échec de Rio, je viens de prendre une nouvelle gifle, mais je ne suis pas à terre. Je veux continuer. Marc, en revanche, accuse le coup et doute. Il s'est beaucoup donné pour aller chercher cette qualification, et ça n'a pas payé. Il pèse le pour et le contre. Tout cet investissement vaut-il le coup ? Ça fait un un an et demi qu'on lutte tous les deux face à une fédération, qui ne voit pas une athlète mais surtout une famille, les Supiot. Il est fatigué. Son métier d'entraîneur lui prend aussi beaucoup de temps, et il a du mal à me caser dans son planning. Je suis soudain un peu perdue moi aussi, car je sais que sans Marc, rien ne sera possible.

À la piscine Jean-Bouin, où je m'entraîne, je croise souvent Maxime, au bord du bassin. Il est entraîneur à Angers Natation, et depuis peu, il a obtenu son diplôme de préparateur mental. Dans cette phase de flottement, on échange un peu plus que d'habitude. Nos discussions me font du bien. Bien qu'il soit beaucoup plus jeune que moi – nous avons presque vingt ans d'écart –, on commence à tisser des liens forts. Il a des compétences dans des tas de domaines.

Son intégration se fait naturellement. Le duo devient trio. Marc n'est plus seul. Maxime devient à la fois mon entraîneur, mon préparateur physique et mon préparateur mental. Marc a posé les bases, il lui fait confiance, et sa présence le soulage. Grâce à Maxime, je peux augmenter le nombre de mes séances d'entraînement hebdomadaires, en profitant de ses créneaux. Je m'entraîne donc désormais avec deux groupes. Maxime met de l'huile dans les rouages, à tous les niveaux. Il fait le lien avec la fédération. Nous ne sommes plus deux Supiot, seuls, face à un mur ; les relations s'apaisent. Il fait aussi le lien entre nous deux…

On me demande souvent : *« Ce n'est pas trop dur de s'entraîner avec son frère ? »* Il faut relativiser : c'est plus facile avec son frère qu'avec son chéri, mais comme à chaque fois que le personnel et le professionnel se mélangent, il est parfois difficile de trouver sa place et de compartimenter. Dès que je finissais une séance, on s'appelait et notre conversation pouvait durer une heure ; il n'y avait pas de coupure, pas assez de recul, plus d'oxygène entre nous. C'était devenu trop fusionnel. Maxime nous a permis de repositionner notre relation, en nous aidant à retrouver d'un côté, un lien frère-sœur, et de l'autre, un lien entraîneur-athlète. Il a aussi facilité nos échanges. Parce qu'on était frère et sœur, on pensait qu'il serait facile de travailler ensemble, mais en réalité, on ignorait comment fonctionnait l'autre. Je posais sans cesse des questions à Marc après les séances, parce que j'avais besoin de comprendre ce que je faisais. Je suis comme ça : je me pose sans cesse des questions, sur tout, parce que je suis curieuse, parce que j'ai besoin de savoir. Le soir, je dois éloigner le portable de mon lit, sinon dès qu'une question se pointe, il faut que je trouve la réponse. En natation, c'est pareil. J'ai été dirigée par un entraîneur de haut niveau, j'ai moi-même été entraîneuse. J'ai tellement de données dans ma tête, que lorsque je nage, j'ai besoin que l'on m'explique tout. Marc, lui, pensait que je n'avais pas confiance en lui, que je le jugeais. Maxime lui a expliqué pourquoi j'agissais ainsi, et il a mieux compris. On a retrouvé une liberté de parole : on peut désormais se dire les choses tous les deux. En rétablissant la communication, Maxime nous a appris à travailler ensemble et l'importance d'une équipe élargie, car on ne peut pas tout le temps être en tête à tête, si on veut préserver notre lien de frère et sœur.

En 2018, deux ans après mes débuts en handisport, je dois repasser devant les classificateurs. Pas le choix. C'est le règlement qui le prévoit : la plupart des maladies neurologiques sont évolutives, et à ce titre, les athlètes doivent être revus régulièrement. Cette fois-ci, c'est à Copenhague que ça se passe, lors de la première étape de la Coupe du monde de natation handisport, en mars. Et ça se passe plutôt bien.

En deux ans, mon handicap s'est aggravé mais grâce à un entraînement poussé, j'ai mis en place des techniques pour compenser mes faiblesses. Heureusement, les deux classificateurs, des femmes, réussissent à faire la part des choses et ne minimisent pas la lourdeur de mon handicap et les répercussions qu'il peut avoir sur ma nage. Même si je me défends aussi bien qu'avant dans l'eau, elles comprennent que j'ai perdu en capacité et me descendent d'une classe. Je me retrouve en S8 ! Le directeur sportif de la fédération, Samy, me dit : *« Le jeu va pouvoir commencer. »*

Il ne croit pas si bien dire. Mon changement de catégorie bouleverse la donne. Je retrouve des nageuses de mon niveau avec qui rivaliser, et je peux enfin exprimer pleinement mon potentiel. Très rapidement, je joue les premières places. En août 2018, aux championnats d'Europe para-natation à Dublin, c'est le carton plein. Je remporte deux médailles de bronze en 100 mètres nage libre et 200 mètres quatre nages, une médaille d'argent en 400 mètres nage libre, et surtout la médaille d'or du 50 mètres nage libre. Surtout, je réalise mon meilleur temps au 400 mètres : 4'52" ! Un an plus tard, en septembre 2019, aux championnats du monde à Londres, je prends le bronze en 50 mètres et 100 mètres nage libre. En 2020, lors des championnats de France à Angers, je bats en un week-end trois records : le record d'Europe du 50 mètres nage libre, le record de France du 100 mètres papillon et le record du monde du 100 mètres nage libre. Rien ne peut m'arrêter.

La période est euphorique. Je travaille dur et j'obtiens des résultats. Je suis en pleine phase ascendante. Je suis à la bagarre, mais je trouve ça équitable. Je n'ai jamais eu l'impression d'avoir volé ce S8. Cette période me permet également de faire connaître mon histoire. Je suis reconnue, les médias s'intéressent à moi, les partenaires aussi. On se souvient que j'ai eu une première carrière chez les valides. C'est un tremplin pour continuer. J'intègre l'équipe de France. Ma deuxième carrière va enfin décoller.

Mais cette ascension rapide dans le monde des handis ne plaît pas à tout le monde. En à peine deux ans, je suis devenue championne d'Europe, alors que certaines s'entraînent depuis des années, sans parvenir à ce résultat. Le changement de classification a changé mon statut. J'arrive comme un chien dans un jeu de quilles. C'est d'autant plus crispant que je suis la même en entrant qu'en sortant de l'examen de classification. La seule chose qui change, ce sont les podiums : avant je n'en faisais pas, aujourd'hui je les collectionne. Ça perturbe tout le monde.

Mon âge est également un point de tension. La plupart des nageuses ont une vingtaine d'années en moyenne ; je viens de passer la barre des cinquante. La plupart du temps, cette différence d'âge ne me pose pas de problème. Dans l'eau, je ne la remarque pas. C'est seulement quand on est déplacement, quand on part en stage, que les crispations se font jour.

En 2019, la fédération nous envoie en stage pendant trois semaines en Australie, à l'occasion d'une Coupe du monde. Nous ne faisons que nager, du matin au soir. On nage, on rentre à l'hôtel. Zéro visite, zéro excursion. On est en vase clos. Un véritable incubateur à conflits. Vivre 24 h/24 h ensemble, sans possibilité de prendre l'air, ça exacerbe forcément les tensions. Tout est réuni pour que ça se passe mal.

Je partage une chambre avec deux nageuses qui n'ont pas encore dix-huit ans. Nous vivons en décalage. Moi, je me lève à 5 h car j'ai besoin de temps pour me préparer. Comme beaucoup d'adolescentes, elles n'émergent pas avant 7 h, pour être à 7 h 30 dans l'eau ; en 10 minutes, c'est plié.

En revanche, le soir, à 22 h, il faut que je sois couchée si je veux être en forme le lendemain, alors qu'elles n'ont qu'une envie : traîner. La nuit, je me lève pour uriner, je fais du bruit. Forcément, je les réveille, ça les agace.

L'ambiance est d'autant plus électrique qu'elles m'en veulent pour ce qui s'est passé avec Anita lors de ma non-sélection à Rio. Elles la connaissent bien, l'admirent beaucoup et ont noué une amitié. Elles n'acceptent pas que j'aie porté l'affaire devant le conciliateur, ne comprennent pas que c'est le système de sélection que je visais et non pas la nageuse. La nuance est mince, et je comprends qu'elles puissent être en colère. Elles pensent que c'est à cause de moi qu'Anita a raté ses Jeux. Et voilà qu'aujourd'hui, nous nous retrouvons toutes les trois, coincées à plus de 15 000 kilomètres de chez nous, avec cette rancœur tenace.

Avec les garçons qui ont leur âge, elles forment un petit groupe. À l'entraînement, ils refusent de partir en même temps que moi dans les lignes. Ils ne me parlent pas, ne veulent pas nager avec moi, ils me mettent de côté. Tu ne peux rien dire car c'est toi l'adulte, on n'est pas dans une cour de maternelle. Tu ne peux pas non plus leur rentrer dedans.

L'enfermement me pèse. Depuis que nous sommes arrivés, j'ai réussi à m'échapper deux heures pour rencontrer le fils d'un ami, qui fait un road trip en Australie avec sa chérie. Ce moment m'a apporté une bouffée d'oxygène... Ça m'a fait un bien fou, mais ce n'est pas suffisant pour me calmer complètement. Entre l'animosité ressentie et la sensation d'étouffer, je commence à être à bout. Quand un collectif te pousse, ça fait du bien, mais quand il est contre toi, ça te plombe.

Les conversations d'adultes me manquent, mais je ne trouve pas plus de réconfort du côté des entraîneurs. On ne mélange pas les torchons et les serviettes. Tu es nageuse, tu restes avec les nageuses, peu importe que tu aies cinquante ans et que le reste du groupe n'a même pas atteint la majorité. Je peux comprendre qu'ils veulent rester entre eux, mais je souffre de cette barrière. Dans l'eau, je suis d'accord, mais sur terre, on peut peut-être trouver un équilibre ? D'autant que je suis aussi entraîneuse de natation à la base, il y a des choses que je peux comprendre. Lorsque l'on part en stage avec Marc, je suis avec l'équipe des entraîneurs et ça ne pose aucun problème, j'arrive à faire la part des choses.

Tous les jours, Fred m'entend pleurer au téléphone. Un incident met le feu aux poudres : je rentre dans le fauteuil de David sans faire exprès. David, c'est l'une des références de la natation handisport. Il est champion paralympique, mais également plusieurs fois champion du monde et d'Europe. À quarante-cinq ans, ce n'est plus un ado, il a seulement six ans de moins que moi. Il commence à me faire la morale. C'est la goutte d'eau qui fait déborder le vase. Les jeunes qui me mettent de côté, les entraîneurs qui ne me traitent pas comme une adulte, cet isolement à l'autre bout de la planète… je craque et j'explose.

Je vais voir Guillaume, l'adjoint au directeur technique, et je lui dis : *« Stop, je n'en peux plus, je ne suis vraiment pas bien. Attention, c'est du harcèlement moral ! »* On se trouve en pleine situation de crise. À tel point qu'il appelle Paris. Ensemble, ils décident d'organiser une réunion, qui réunit les deux entraîneurs et l'ensemble des nageurs. Tout le monde s'exprime. On met cartes sur table. Je balance tout ce que j'ai sur le cœur. Je leur redis que ce qu'ils me font subir est du harcèlement, qu'avec des attitudes comme celles-ci, on comprend pourquoi certains jeunes au lycée se suicident, car ce groupe peut être une force mais également une force d'opposition très violente, qu'en matière de harcèlement, je sais de quoi je parle car, dans le passé, j'ai déjà connu la violence, et que, dans ma vie, je me suis promis que, plus jamais, je ne baisserais les yeux.

Ils me répondent qu'ils ne se rendaient pas compte. Ils me parlent d'Anita. Je leur dis que je peux comprendre qu'ils soient tristes pour elle, tout en leur expliquant ce qui s'est vraiment passé. Mais ils font un transfert : *« Si c'était nous, tu serais aussi allée voir le conciliateur. »* Ils ont peur qu'à la faveur d'une prochaine non-sélection, je puisse remettre en cause leur place, car c'est mon droit et qu'ils savent que je n'hésiterai pas, une nouvelle fois, à le faire valoir.

Ils me confient aussi des rancœurs qui datent du championnat d'Europe à Dublin. L'une de mes jeunes camarades de chambre me rappelle ce que je lui avais dit, après qu'elle eut raté sa course : *« Mais qu'est-ce que tu as foutu ! Tu pouvais l'avoir ce podium. »* Je lui avais reproché de faire trop copine dans l'eau. Oui, on peut être sympa entre nageuses, mais il fallait qu'elle se bouge. Ce n'était pas méchant, c'était surtout pour la booster. Mais elle n'avait pas digéré, et depuis, elle ruminait mes paroles, estimant que je lui avais mal parlé.

Nous avions crevé l'abcès. La fin du séjour approchait et j'allais enfin pouvoir me concentrer sur les épreuves de la Coupe du monde. Ce jour-là, c'est moi qui fais la meilleure course ; je réalise de bons temps.

Ce séjour a été une expérience douloureuse, j'ai énormément souffert mais je ne suis plus en colère contre les filles et je ne leur en veux pas du tout. Elles ont grandi, et ce sont aujourd'hui de superbes jeunes femmes. Avant, il n'y avait pas grand-chose d'établi. Désormais, elles ont pris leur place et affirmé leur statut de grandes nageuses, en établissant de très belles performances. J'ai vraiment beaucoup d'admiration pour ce qu'elles font, notamment Émeline qui fait une super carrière. C'est elle la patronne maintenant. Elle est lumineuse, elle a envie de travailler. C'est une très belle athlète et elle est maintenant dans le même état d'esprit.

Elle m'a avoué depuis : *« Je me demande si ça ne m'a pas rendu service que tu me dises ça. »* Mieux encore ! Maintenant, c'est elle qui me dit : *« Bouge-toi ! »*

Mais, il ne faut pas se leurrer : même si, aujourd'hui, ils ont plus de vingt ans, ils sont encore dans des délires de jeunes. Un peu comme nos enfants : on les adore mais on n'a pas les mêmes conversations. Et puis ils ont commencé ensemble, ça reste un noyau. Tu débarques avec une carrière déjà faite et, en plus, tu es plus vieux que leurs parents : tu n'intégreras jamais leur bande. Quand ils me disent : *« Viens faire un loup-garou »*, j'y vais une fois, deux fois. Ça les fait rire parce que je ne comprends jamais rien ; je fais la bêtasse. C'est un fait : parfois, je me sens obligée de me dévaloriser pour les faire rire, d'accepter les « mamie » ou « la daronne ». « Mamie » passe encore, c'est affectueux, mais « la daronne », je ne supporte pas.

En même temps, à cette époque, je n'avais pas encore compris qui j'étais. Malgré mes victoires, mes médailles, je cherchais encore ma place. Je n'avais pas encore entrepris le travail qui me permettrait de me révéler et de m'assumer enfin. Pour en arriver là, il me faudrait prendre une nouvelle gifle, de celles qui vous mettent à terre. Et me relever. Encore.

LE TEMPS DES DÉSILLUSIONS

« Avec une pathologie dégénérative, on ne devrait jamais revenir en arrière, surtout quand on prouve que le handicap a progressé. Si je nage mieux, ce n'est pas parce que ma maladie a régressé, mais parce que je me suis bien entraînée.

Nous sommes en avril 2021, à un peu plus de trois mois des Jeux paralympiques de Tokyo – l'apparition de l'épidémie de Covid a bouleversé le calendrier des qualifications. J'ai déjà réalisé les minima en S8, avec un temps canon de 4'52"07 aux championnats d'Europe à Londres, deux ans plus tôt. C'est le meilleur temps de ma carrière. Je suis au top de ma forme.

Mais ce soir-là, je suis au fond du trou. Choquée. Je suis toute seule dans cette chambre d'hôtel à Londres et je reluque le tube d'aspirine. Je me dis : « *Est-ce que je l'avale en entier ? Ça va faire beaucoup de mousse...* » J'ai envie de me foutre en l'air. D'en finir, une bonne fois pour toutes. La coupe est pleine. Les gens pensent : « *Claire, elle est costaud* », mais là, à cet instant, Claire en a juste marre d'en prendre plein la tête.

Il y a quelques heures, j'ai été de nouveau évaluée par deux classificateurs. Deux ans se sont écoulés depuis mon passage en S8 et, comme pour tous les athlètes neuro, je dois repasser la classification. Cette évaluation automatique, tous les deux ans en général, n'existe pas pour les amputés. Une fois qu'ils ont leur classe, ils savent qu'elle est définitive, car les bras ou les jambes, ça ne repousse pas. En revanche, lorsqu'un athlète est atteint d'une pathologie évolutive, il doit être revu régulièrement pour vérifier si ses déficiences et ses capacités à se mouvoir dans l'eau sont stables.

Comme d'habitude, la classification se passe à l'occasion d'une compétition, en l'occurrence la Coupe du monde. Ces experts vont m'examiner sur table, avant de me faire faire des exercices dans l'eau. Il arrive aussi parfois qu'ils nous observent pendant les épreuves officielles. Je suis confiante car avec ma maladie évolutive et dégénérative, pour laquelle il n'existe aucun traitement, je ne vois pas bien comment mon handicap a pu diminuer. C'est plutôt le contraire d'ailleurs. Ces deux dernières années, j'ai perdu en force, j'ai de plus en plus de difficulté à effectuer les poussées au départ du plot et dans les virages. Alors, pour maintenir mon niveau, je me suis beaucoup entraînée et, avec toute mon équipe, on a mis en place des systèmes de compensation.

Je travaille désormais avec Marc, Maxime, Jacky et Karine. Jacky a fondé son propre institut de formation professionnelle aux métiers du sport, à Angers. Marc et lui collaboraient ensemble. Un jour, Jacky lui a proposé son concours, avec toute l'humilité qui le caractérise : *« Je pourrais peut-être apporter quelque chose à Claire. »* Marc lui a répondu : *« Ne t'inquiète pas, si ça ne va, Claire te le dira. »* Très peu de temps après, Jacky nous a parlé de Karine, une formatrice en pilates de son école. Elle donne aussi des cours aux particuliers, chez elle, à quelques kilomètres de la maison. J'aime tester de nouvelles techniques, de nouvelles approches. Tout le temps. Le pilates est reconnu pour favoriser le renforcement musculaire. J'ai dit : *« Banco. »*

Pour cette troisième classification internationale, je me retrouve face à deux hommes, dont un spécialiste de la maladie de Charcot-Marie-Tooth. Seulement voilà, il se base sur la forme la plus commune de la maladie : le CMT1. Or, moi – je l'apprendrai plus tard lorsque mon gène sera identifié, en même temps que celui de Marc – je suis atteinte d'une forme spinale distale : non seulement je ne peux pas battre des jambes, mais j'ai également des faiblesses dans les épaules.

Pendant l'évaluation, je sens un peu d'agacement de leur part. Ils ont lu mon compte rendu médical mais tiquent sur un passage. À cause d'un problème de traduction, il est écrit *« fléchit les genoux lorsqu'elle veut se mettre sur la pointe des pieds »*, au lieu de *« fléchit les genoux lorsqu'elle tente de se mettre sur la pointe des pieds »*. *« Veut »* à la place de *« tente »* : un tout petit mot qui change tout, car les classificateurs comprennent que je peux le faire. Vouloir, c'est pouvoir. Or, ce n'est pas le cas. Si bien que lorsqu'ils me demandent de me mettre sur la pointe des pieds, je n'y parviens pas. Ils s'énervent, pensent que je le fais exprès, que je fais preuve de mauvaise volonté. Pourtant, avec un tracé neuro comme le mien, ils auraient dû voir qu'il m'était impossible de réussir cet exercice ...

C'est bien là que réside toute la difficulté d'une évaluation qui se fait à la main et à l'œil. Ils se basent sur la force de ma poignée de main, regardent si je pousse plus ou moins fort ma jambe. Sur table, ils bougent mes membres un peu dans tous les sens pour observer les amplitudes articulaires ; regarder si je peux lever la jambe ; si on m'appuie sur le pied, si je peux le relever. Il n'y a aucune mesure chiffrée, rien de quantifié. Ils ne tiennent pas compte de la fatigabilité des membres non plus, qui est pourtant un facteur déterminant chez les neuros. Leur grille d'évaluation est incomplète et inadaptée. Toute la difficulté avec les pathologies neurologiques, c'est qu'il peut y avoir de la triche. Avec les athlètes amputés, c'est différent : s'il manque un bras ou une jambe, ils mesurent ; le handicap est quantifiable et vérifiable. Mais avec un neuro, ils ont toujours un doute. Certains nageurs exagèrent leur handicap en ne réalisant pas les exercices à fond. Moi, j'ai la conscience tranquille : je ne simule pas.

Chaque exercice donne lieu à des points ; le total détermine la classe. Ce jour-là, le résultat ne se fait pas attendre : ils m'observent, m'examinent, font leurs calculs puis me font revenir dans leur bureau. S9 ! L'un d'eux ajoute même : *« On a recalculé. Vous avez de la chance, on vous a laissé en S9, mais on pensait vous remonter en S10. »* La terre s'écroule sous mes pieds. En une fraction de seconde, le temps de le dire, je suis passée de mi-S8 au plus haut niveau S9, voire S10 ! En brasse, on ne reconnaît même pas mon handicap. On me classe au plus haut niveau : je suis SB9 – il n'y a pas de SB10 en brasse. C'est impossible, insensé : mes jambes ne tournent pas et ne poussent pas !

En S9, tu trouves des nageuses avec une amputation tibiale, mais dont toutes les autres parties du corps fonctionnent à 100 %. Je ne dis pas qu'elles sont avantagées. Il n'y a pas d'amertume dans mes propos et surtout pas vis-à-vis des athlètes. Mais sur un plot, elles peuvent pousser beaucoup plus fort peut-être avec une seule jambe que moi je pourrais le faire avec les deux. Et une fois dans l'eau, elles peuvent commander une jambe en l'obligeant à être à fond pendant la durée. Moi, mon cerveau est incapable de dire à mes jambes : *« Allez les filles, on y va. »* Il a autant d'influence sur mes membres que des parents dépassés avec leurs enfants. Mes jambes ne démarreront pas car la transmission ne se fait plus. Il faut imaginer un fil électrique avec la gaine autour. S'il est en super état, le courant va passer. Sauf que ma gaine de myéline a des trous, ce qui fait que les fibres nerveuses ne sont plus protégées par endroits. L'influx nerveux se fait de moins en moins bien. Et la gaine ne repousse pas. Tu ajoutes la fatigue dessus, ça va aller encore moins bien. En neuro, le paramètre fatigue est fondamental. Comment ont-ils pu prendre une telle décision ?

En l'espace de vingt minutes, toute ma carrière est remise à plat, tous mes efforts sont effacés. Il y a quelques minutes encore, j'étais dans le top trois en S8 ; j'étais qualifiée pour les Jeux de Tokyo, et je pouvais rêver l'or. Maintenant, je me retrouve dans le top huit ou neuf en S9, et je dois tout recommencer. En changeant de classe, je perds le bénéfice de ma qualification pour les Jeux. Pour être sélectionnée en S9, je dois réaliser 4'56" au 400 mètres. Ce temps, je l'ai déjà fait. En S8, j'ai couru en 4'52", largement en dessous des minima, mais ça ne compte pas. Je dois prouver une nouvelle fois que j'en suis capable. C'est purement administratif. Je suis écœurée. C'est tellement injuste. Je perds pied. Et l'appel – en natation handisport, on parle de process – introduit dans la foulée n'y changera rien. Les deux autres classificateurs resteront inflexibles. L'un d'eux dira même d'entrée de jeu : *« Vous, les Français, vous n'êtes jamais d'accord. »*

Je rentre à l'hôtel dans un état second. J'appelle tout le monde. Koen, l'entraîneur national de l'équipe de France, a déjà averti la fédération. Au téléphone, ils essaient de me rassurer tant bien que mal : *« Faut que tu t'accroches. Demain, tu nages, il faut que tu agisses en professionnelle, comme tu sais faire. »* Je reçois un message du kiné de l'équipe de France : *« Je suis de tout cœur avec toi »*. Le médecin me fait savoir qu'il se tient à ma disposition. Au téléphone, Fred tente de me calmer : *« Je suis là ma chérie. »* Ce sont de gentils mots qui font du bien, mais sur l'instant, ils ne font pas écho en moi. Je pleure, je ne peux plus m'arrêter. Avant de parler à Marc, je joins Maxime, mon préparateur mental qui me lance : *« De toute manière, n'espère plus rien. Avec l'âge que tu as, tu ne progresseras plus. »* Un coup de pelle sur la tête ne m'aurait pas assommée davantage. Marc est émotionnellement atteint. Pour lui aussi, cette décision est un crève-cœur car, en plus d'être mon entraîneur, il est mon frère.

Les heures qui suivent sont un cauchemar. J'ai la tête qui tourne, j'ai froid, je suis au plus mal et, le lendemain, je dois nager. Je n'arrive pas à dormir, je suis en panique. Je tremble sans pouvoir m'arrêter. Je deviens cinglée, et je sombre. Plus rien ne compte en cet instant. Peu importe que je sois maman, bientôt mamie – Alison attend un bébé pour le mois de juillet – je veux en finir. La boîte d'Efferalgan. Maintenant. Puis un nom me vient en tête, qui tourne en boucle : Richard. Karine, ma prof de pilates, m'a parlé de lui, il y a quelque temps. Il est docteur en psychologie et spécialisé dans la préparation mentale des sportifs, hommes et femmes politiques… Il l'a beaucoup aidée à une période. Je repense également aux paroles de ma belle-sœur Isabelle, la femme de Marc, tout à l'heure au téléphone, alors que je lui assurais que je pouvais aller chercher la qualification en S9 : *« Si c'est ce que tu veux, tu as raison, alors fais-le. »* Disparaître ou me battre ? Me mettre en l'air ou appeler Richard ? Tout avaler ou trouver une solution ?

En pleine nuit, j'allume mon ordinateur et je prends un rendez-vous en ligne. Mes mains tremblent au-dessus du clavier, mais ma décision est prise : je vais continuer à me battre, comme je l'ai toujours fait après des coups durs. En 1988, j'ai dû batailler pour aller chercher ma sélection pour Séoul car je n'avais pas fait le chrono demandé au bon moment ; en 2016, j'ai été écartée de la sélection de Rio purement et simplement parce que je ne convenais pas ; en 2021, il me reste trente-trois jours pour aller chercher ma qualification pour Tokyo en S9. Je n'aurai qu'une seule chance : ce sera pendant les championnats d'Europe du 16 au 22 mai, à Funchal, au Portugal. Je devrai nager le 400 mètres nage libre en moins de 4'56"51.

Le lendemain, encore sous le choc, je me présente sur le plot de départ pour l'épreuve de la Coupe du monde. Je ne dis rien de ce qui a failli se passer cette nuit, de ce qu'ils auraient pu découvrir au petit matin, en venant frapper à la porte de ma chambre. Je fais des temps corrects. Tout le monde me félicite : *« Ouah, tu as bien nagé, comme si de rien n'était ! »* Comme si de rien n'était... Plus tard, je le dirai au manager de la haute performance à la fédération handisport : *« Tu sais, j'ai failli me foutre en l'air ce soir-là. »* Car il faut qu'il sache, lui et les autres, que ce système de classification peut faire du mal, et que c'est aussi ça la réalité du sport de haut niveau. Moi, j'avais l'âge, une famille autour de moi, pour m'aider à faire le bon choix et à ne pas sombrer totalement. Mais un gamin isolé, quelle option a-t-il ? Ils doivent se rendre compte que ce système qu'ils cautionnent peut faire énormément de mal.

Quand, plus tard, j'ai cherché à comprendre pourquoi j'étais remontée en S9, comment ça avait pu se produire dans le cadre d'une maladie dégénérative, on a prétendu que les précédents examinateurs, les femmes qui m'avaient classée S8, s'étaient trompées en interprétant mal le nouveau système de classification à points, qui venait d'évoluer. En gros, je n'aurais jamais dû descendre dans une classe inférieure.

Même si c'est le cas, tant pis pour eux, ce n'est pas à l'athlète de subir cette erreur. Avec une pathologie dégénérative, on ne devrait jamais revenir en arrière, surtout quand on prouve que le handicap a progressé. Ce qui n'est pas normal, c'est qu'on ne tienne pas compte des rapports médicaux et qu'on dise : *« Ben non, regardez, ça va mieux dans l'eau. »*

Si je nage mieux, ce n'est pas parce que ma maladie a régressé, mais parce que je me suis bien entraînée et que j'ai compensé mon handicap avec les parties saines. C'est ce que font aussi les nageurs amputés, mais eux, ils n'ont pas de classification à repasser tous les deux ans. Ils peuvent continuer à progresser en toute sérénité. De la même façon, quand un valide monte en charge, change de méthode ou d'entraîneur pour optimiser ses performances et que les résultats sont là, on applaudit des deux mains, on le félicite, on souligne tout le travail accompli. Chez les neuros, c'est l'inverse : on ne reconnaît pas tes efforts, l'efficacité de ta stratégie d'entraînement. Non, on considère que c'est ton handicap qui est moins visible, moins présent. Nous sommes en insécurité permanente.

Le système est tellement mal fait qu'on en viendrait presque à se réjouir d'un corps qui ne répond plus, ou moins bien, pour pouvoir changer de classification et aller chercher des médailles. Bien sûr, je pourrais aussi m'arrêter de m'entraîner pour présenter à la classification un corps musculairement amoindri. Mais ce n'est pas ma conception de la performance et, plus largement, de la vie. Car il y a ma carrière sportive, certes, mais tout le reste aussi : le besoin de garder mon corps le plus sain possible pour contenir le colocataire, vivre au quotidien de la meilleure façon possible et profiter de ma famille au maximum.

Je pense aussi que mon âge a joué, même si les classificateurs ne devraient pas en tenir compte. Est-ce normal de continuer à glaner les médailles, passé la cinquantaine ?

Deux jours après mon atterrissage à Paris, je suis dans le cabinet de Richard. C'est Claire Supiot, la femme abattue qu'il reçoit, pas la sportive. Je dois d'abord encaisser les paroles que j'ai pu entendre et digérer ce que je viens de traverser. Mais très vite, la compétitrice est de retour aux commandes. Il me reste un mois à peine pour me qualifier. Il met en route un plan de bataille. Maxime est encore mon préparateur mental, et je suis du genre fidèle. Je lui présente Richard, mais je sens qu'entre eux, ce n'est pas fluide. Ils n'ont pas la même manière de travailler : l'un est avant tout un professionnel de la natation et le deuxième un professionnel du fonctionnement du cerveau.

Le jeudi 20 mai 2021, à Funchal, je suis au départ du 400 mètres nage libre. Je nage bien. Très bien, vu les circonstances. Je touche le mur en 4'55"73. Je récupère mon ticket pour Tokyo.

UNE COURSE POUR ENTRER DANS L'HISTOIRE

Le 5 juillet 2021, ma vie change. Je suis mamie pour la première fois. Ma fille Alison vient de donner naissance à une petite fille. Elle s'appelle Helena. J'ai à peine le temps de la serrer dans mes bras, que je dois déjà m'envoler pour Tokyo. Les Jeux n'ont lieu que six semaines plus tard, fin août, mais l'épidémie de Covid qui sévit dans le monde depuis près d'un an et demi nous oblige à anticiper notre venue pour respecter la quarantaine. On respire enfin, car tant qu'on n'était pas parti, rien n'était joué. C'était ma plus grande crainte : qu'à cause du Covid, on ne puisse pas faire les Jeux.

Mais ma joie n'est que relative, car je pars sans Marc, sans Fred, sans mon équipe, sans ma famille, à cause des restrictions sanitaires. Encore une fois, on se retrouve en vase clos avec les membres de la fédération et les nageurs de l'équipe de France. Un mois et demi, à l'autre bout du monde, sans ma famille, au milieu d'une équipe de jeunes, c'est long, très long. Les autres nageurs ont du mal à comprendre que parfois j'ai besoin de manger seule dans ma chambre, de m'isoler. Sans mes soutiens, c'est le seul moyen que j'ai trouvé pour tenir le coup. Me mettre dans ma bulle, comme je l'avais fait, trente-trois ans plus tôt, à Séoul.

Même si, avec les autres athlètes de l'équipe de France, on a les mêmes objectifs, on s'entraîne seul. D'un point de vue sportif, six semaines c'est énorme : six semaines, ça correspond à une planification entière. Or, une planification sans ton entraîneur, ça casse ta préparation. Même si Marc m'envoie mes séances, même si on s'appelle ou on se parle en visioconférence tous les jours, c'est quelqu'un d'autre qui les écrit au tableau et me donne les consignes. C'est très perturbant. La personne qui est là, à côté de moi, sur le bassin, n'est qu'un intermédiaire. Inévitablement, cela génère une grosse perte de données.

Et même si Koen, l'entraîneur national de l'équipe de France, fait son maximum, il me manque le regard de mon entraîneur, celui qui me rassure, qui me motive, qui me relance quand le moral baisse. Oui, Marc me manque. D'autant qu'on s'est battu ensemble pour décrocher cette sélection. Je suis là, mais à cause de ce sacré virus, il ne participera pas à la fête.

Tous les jours, je parle à Richard en visio. Maxime est encore mon préparateur mental, mais c'est surtout Richard qui m'aide. Il m'a récupérée quelques mois plus tôt à la petite cuillère, quand j'étais au fond du trou, pour m'amener jusque-là. Avec lui, j'ai découvert une nouvelle approche. J'ai besoin de quelqu'un qui fasse fonctionner mon cerveau. Richard est une pointure. Il me propose des techniques sur mesure, car il sait que ce qui s'applique en préparation mentale à une grande majorité des gens ne fonctionne pas sur moi à cause de ma maladie. Il est charismatique, compétent, j'ai une totale confiance en lui.

Je peux aussi compter sur le soutien indéfectible de mon chéri, qui passe ses deux mois de vacances tout seul à Juigné-sur-Loire – il est formateur dans un lycée. On revient de loin. Le Covid a bien failli avoir raison de notre relation. J'ai très mal vécu le confinement. Julie et Lise, les deux filles de Fred, étaient revenues à la maison. Fred était heureux comme un coq en pâte. Moi, tout ce que je voulais, à ce moment-là, c'était continuer à nager. Nager pour performer, avec en ligne de mire les Jeux paralympiques de Tokyo. Or, je ne pouvais pas, les piscines étaient fermées.

Le manque d'activité ne lui pesait pas. Fred, il est comme ça. C'est un contemplatif. Quand il a une journée de repos et que je lui demande ce qu'il va en faire, il me répond parfois : *« J'ai prévu de te regarder toute la journée. »* Beaucoup de personnes rêveraient que leur amoureux leur dise ça. Moi, ça me stresse. C'est tellement culpabilisant de ne pas pouvoir lui répondre la même chose.

À la maison, il n'y avait plus de cadre, plus de limites. Fred et ses enfants se croyaient en vacances, c'était la liberté totale : ils se couchaient à pas d'heure, mangeaient en décalé… Inconcevable pour moi. J'étais rongée par le stress. Même sans possibilité de nager, il fallait que je continue à travailler, à m'imposer des horaires d'entraînement de préparation physique et mentale, à me coucher de bonne heure, à manger équilibré. Au départ, je faisais des tours dans le jardin car on n'avait pas le droit de sortir. Je marchais beaucoup. Mais je tournais en rond, au propre comme au figuré. Une vraie lionne en cage. Je devenais dingue, complètement cinglée. Le pire, c'était l'incertitude : on ne savait pas quand le confinement serait levé.

Il n'y a que Steve, qui me comprenait. Alison et Greg, mes aînés, me demandaient de calmer le jeu. Ils me parlaient de Fred, de la famille, mais jamais de moi, de ce que je pouvais ressentir à être enfermée sans pouvoir nager, à me battre pour tenir le rythme parce qu'il y avait les Jeux en ligne de mire. Avec Steve, on était resté une heure et demie au téléphone, ce qu'on ne faisait jamais d'habitude. *« Maman tu t'en fous, ils ne peuvent pas penser comme toi. »* Avec ses paroles, le gamin, il m'avait apaisée. Il avait su trouver les mots.

Une semaine avant que les athlètes référencés ne soient autorisés à reprendre le chemin des bassins, la Ville d'Angers m'a accordé la possibilité de revenir nager avec des règles strictes : j'évoluais dehors dans le bassin de 50 mètres d'AquaVita. L'eau était encore froide, à 22-23 °C, mais ce n'était que du bonheur. Je revivais enfin.

Pour autant, la situation à la maison restait tendue. Fred et moi étions sur le point de nous séparer. Maxime m'avait soumis l'idée, en guise de solution, de prendre un appartement. Nous frôlions le point de non-retour. Il fallait que je réagisse. J'ai annoncé à Fred que j'allais consulter une psy. Il m'a proposé de m'accompagner. Quand on est sorti de la séance, on s'est regardé : on n'avait pas du tout apprécié les réflexions de la thérapeute. Bizarrement, l'énervement ressenti nous a ressoudés. On a surmonté la crise.

Le mercredi 25 août 2021, après des mois d'incertitude sur la tenue des Jeux, je me dirige vers le plot de départ de la première série du 400 mètres nage libre. « *Ça y est, j'y suis.* » En entrant dans l'enceinte, j'entre dans l'histoire. Je deviens la première athlète française à avoir disputé les Jeux en tant que valide puis handicapée. J'avais 20 ans la première fois ; j'en ai 53 aujourd'hui. Ce n'était pas mon ambition au départ. Cette reconnaissance fait plaisir mais ce n'est pas une fin en soi, un aboutissement. Je suis venue chercher des médailles ou, au moins, une finale car la médaille c'est presque mission impossible quand on est dans la mauvaise classe. Cette fois-ci, je vais y croire, tout donner et me battre jusqu'au bout.

Je quitte la chambre d'appel en fauteuil. Après les championnats d'Europe 2018, j'ai investi dans un fauteuil électrique et ergonomique, pour ménager mes efforts lors des grands déplacements en compétition. Jusqu'alors, je n'avais que ma canne pour me soutenir. Je laissais tellement d'énergie à faire les allées et venues, que j'en étais réduite à manger sur place des soupes froides pas franchement réconfortantes. Lors de cette compétition à Dublin, Koen, l'entraîneur national, avait réussi à me procurer un fauteuil manuel, le temps du championnat ; j'avais alors vu et apprécié la différence.

Je ne l'utilise pas au quotidien, car la marche active fait partie de mon entraînement. Je l'ai appelé *Lulu*, car « Lulu, c'est là où je pose mon cul ». C'est ma tante Thérèse qui m'a montré l'exemple : elle avait nommé le sien *Popof*. De toute façon, je ne peux pas m'empêcher de renommer les choses ou les gens : mon camping-car, c'était *Tintin* ; Fred, c'est Loulou ; Steve, c'est Doudou ; Helena, c'est Biboune, la famille, c'est la MiFa... J'ai dû passer un permis avant de pouvoir me servir de mon fauteuil. C'est la première fois, lors de cette certification qui s'est déroulée dans la rue, que j'ai été confrontée au regard des autres sur mon handicap.

Je m'installe sur le plot avec l'aide de Koen, qui pose ses mains sur mes hanches pour m'aider à me maintenir immobile, le temps que le starter donne le signal de départ. Si à mes débuts en handisport, je me contentais de mon trépied, ce n'est plus le cas. Je ne pourrai plus faire sans mon assistant. Normalement, c'est Marc qui occupe cette fonction. Mais aujourd'hui, en cette journée si spéciale, je dois faire sans lui.

Je plonge.

Je réalise un très bon départ. Je passe le 200 mètres en troisième position. Mais soudain, le moteur cale. J'ai les jambes coupées, je n'avance plus. Je termine sixième de ma série, en 5'00"28, deux secondes après l'Australienne Ellie Cole, qui remporte la course. Il n'y aura pas de finale. Je sors de l'eau, vidée. Je n'ai plus de jambes, plus rien, seulement la frustration de ne pas avoir réussi à me qualifier. Je n'ai pas non plus d'explications ; je ne comprends pas ce qui s'est passé. J'ai écrit un tweet. Certains ont pu penser que c'était une excuse, mais la vérité, c'est que la seule chose dont je suis sûre, c'est que ce jour-là, mon corps m'a lâchée.

Les Jeux paralympiques ne sont pas finis pour autant. Je suis en lice pour le 100 mètres nage libre et le 100 mètres papillon. Soyons honnêtes : vu le niveau, je n'ai aucune chance de médaille. Autant je pouvais défendre mes chances en S8, autant en S9, la messe est dite. Mais, je suis une compétitrice. Je nage pour la performance, pour toucher le mur le plus rapidement possible. Je suis éliminée en série du 100 mètres nage libre, mais grâce à la disqualification de la Chinoise Jialing Xu – la championne olympique en titre –, je me qualifie pour la finale du 100 mètres papillon. Je prends ce rattrapage comme un petit clin d'œil du destin, tant le 100 mètres papillon, qui n'est plus ma nage de prédilection – mon colocataire ne l'aime pas –, reste ma nage de cœur. En finale, je termine dernière en 1'16"67. Je n'ai pas à rougir : j'améliore mon chrono de plus de deux secondes par rapport à mon temps de série.

Je suis satisfaite. Il y a trois mois, j'étais désespérée, prête à avaler des comprimés. Aujourd'hui, je suis en finale dans cette nouvelle classe S9 dans laquelle je n'ai rien à faire, tant il y a un déséquilibre de niveau entre les nageuses. Je reviens de loin. Une finale paralympique, ce n'est pas rien. Mais la fédération ne le met pas à l'honneur, parce que je me suis qualifiée en plus de 1'18" et que j'ai bénéficié d'une disqualification. J'ai le sentiment que ma performance est minimisée.

Heureusement, je peux encore compter sur mon équipe restée en France et qui attend maintenant mon retour avec impatience pour se remettre au boulot. L'aventure n'est pas finie. Je sais qu'on a encore des choses à vivre ensemble et qu'on n'a pas fini d'écrire l'histoire. Privée de ma *team*, j'ai gardé de Tokyo un goût d'inachevé. Et comment pourrais-je arrêter maintenant, alors que les prochains Jeux se dérouleront à la maison ? Après Séoul, j'étais repue ; Tokyo m'a ouvert l'appétit. Si j'ai bouclé la boucle asiatique, ma boucle d'athlète de haut niveau n'est pas complète. J'ai encore du pain sur la planche, du travail à abattre, des efforts à accomplir, pour aller chercher le graal. Je vais me battre pour retrouver ma juste place. Je ne suis plus seule. Je suis prête. Désormais, c'est en 2024, à Paris, que j'ai rendez-vous.

UN COUCOU-AIGRETTE CHEZ LES ALBATROS

Mardi 28 février 2023. J'ai 55 ans aujourd'hui.

Comme tous les mardis soir, la séance se déroule à AquaVita, dans le bassin extérieur. Le vent souffle. Quand on arrête de nager, le froid nous saisit immédiatement. Avec le groupe, on enchaîne les séries de 6 x 100 mètres, à différentes allures. Très vite, je comprends que je vais souffrir. Je suis dans le rouge, et je vais y rester un moment. Ma montre cardio affiche 180. Trop haut pour l'exercice demandé.

C'est difficile pour tout le monde mais les gamins, eux, ne lâchent rien. Ils arrivent en face pleine balle, et je me prends un mur de vagues. Je mouline les bras, je tente de relancer, mais je sens bien que la machine ne répond pas. Mes temps sont catastrophiques. Que m'arrive-t-il ? C'est l'angoisse, j'ai l'impression que mon corps ne m'appartient plus.

J'ai peur. Depuis quatre semaines, je lui en ai mis plein dans la tronche. Est-ce que j'ai franchi la limite ? Est-ce que je l'ai matraqué au point qu'il n'arrive plus à surcompenser ? Et si j'étais allée trop loin ? Je sens la petite larme se former au coin de l'œil. Tombera, tombera pas dans les lunettes ? Non, il ne faut pas que je pleure, je vais y laisser trop d'énergie. Et de l'énergie, ce soir, je n'en ai pas à revendre.

« Allez Claire, pose ta nage. » Je m'adresse à mon corps. J'essaie de comprendre ce qu'il veut me dire. *« Est-ce que tu veux qu'on relâche ? Qu'on mouline davantage ? Oh, gamin, c'est pas le moment de craquer ! »* J'écarte toutes les pensées négatives. Même dans le dur, je me respecte trop pour m'insulter. *« Tu es nulle, tu n'y arriveras pas ! Abandonne ! »* : ce genre d'invectives ne fait pas partie de mon lexique.

À la lutte contre moi-même, je tourne la tête et je la vois. Elle, aussi, est à la peine, mais elle affiche une banane jusqu'aux oreilles et m'encourage : « *Allez Claire !* » Ma jeune camarade de nage a dix-sept ans et, depuis quelques semaines, elle est amoureuse. Le bonheur lui va bien. Elle est métamorphosée et j'absorbe un peu de sa bonne humeur. Ce sont décidément de bons gamins et ils me galvanisent. D'un seul coup, je trouve la solution, mon corps se libère. Je me relâche et je vais bien. La confiance revient.

J'ai besoin d'eux. Mes partenaires, mon groupe ou, pour être exacte, celui de Marc avec lequel je m'entraîne quasiment tous les jours. La plupart ne sont pas encore majeurs, mais contrairement aux jeunes nageurs handicapés, il n'y a pas de concurrence entre nous. Juste une saine émulation.

Je ne veux plus, je ne peux plus nager seule. Je ne veux plus revivre la solitude des Jeux paralympiques de Tokyo, ni de la période Covid. Si je le fais, c'est pour la nage plaisir. Mais dans le cadre de la compétition, il faut de la motivation, c'est ce qui nous sauve. Et cette motivation, je la puise dans cette jeunesse. Quand je pars aux championnats de France, ils me manquent. Quand je pars en stage en Martinique avec l'équipe de France, ils me manquent. Ils n'en ont pas forcément conscience, mais c'est puissant pour moi.

Ils sont plus jeunes que mes enfants, la vingtaine pour les plus âgés, mais ils font partie de mes essentiels. Ça ne m'amuse pas de me lever à 5 h pour être dans le bassin à 6 h 30. Certains matins d'hiver sont plus douloureux que d'autres, mais lorsque tu les vois tous souriants, prêts à bouffer des longueurs avant d'enchaîner avec une journée de cours, ta fatigue s'évapore.

Je m'entraîne avec certains d'entre eux depuis cinq ans : cela t'apprend l'humilité. La première fois que je me suis retrouvée dans une ligne d'eau avec Keren, elle avait treize ans ; elle était au collège et moi, un peu devant. Elle en a aujourd'hui dix-huit et je suis derrière. C'est comme ça : tu avales les mêmes entraînements ; elle, explose, et toi, tu progresses mais pas aussi fort. Ma maladie, mon âge sont une réalité. Mon handicap évolue. Désormais, je me bats pour maintenir un niveau. Il me faut encore plus d'heures d'entraînement pour grappiller seulement des centièmes. Gagner deux dixièmes, pour moi, c'est énorme. C'est comme ça, je dois l'accepter.

Souvent, les jeunes me chambrent sur mon âge mais ils me respectent parce que je n'ai pas un entraînement adapté. Si je suis avec eux, c'est que je suis capable de le faire. J'en bave comme tout le monde. Il arrive que ma fréquence cardiaque monte si haut que je suis à deux doigts de vomir dans mon tuba, mais je continue. Parfois, je suis saisie de crampes au bout de deux kilomètres, mais je serre les dents et je double la distance. Je pense que c'est comme ça qu'on gagne ses galons dans une équipe de jeunes. Un jeune te reconnaît parce que tu fais partie de son groupe et que tu réponds à ses critères de reconnaissance. Or, l'un de ses critères, c'est la performance à l'entraînement avant tout. Plus que tes résultats en compétition, c'est le cheminement qui compte pour gagner sa considération.

Quand tu es capable d'enchaîner les longueurs sans rechigner, de prendre tes relais sans te plaindre, tu fais partie des leurs. Et c'est ce que je fais. Si je peux emmener une série, je l'assume. Je ne me planque pas derrière eux. Marc le répète souvent : il n'entraîne pas un nageur, il entraîne un groupe. Et il existe une hiérarchie comme au sein d'un clan. Suivant la distance, la nage, la fatigue, chacun prend ses responsabilités. Si tu as quelqu'un devant, tu ne fais pas la rate : se placer derrière, lui toucher les pieds, et le décrocher lors du dernier 50 mètres, alors que l'autre a emmené toute la série, ça ne se fait pas.

Enfin, ça s'était avant, car avec la progression du handicap, j'ai de plus en plus de mal à me placer devant : je suis un diesel et le bassin de 25 mètres me pénalise en raison des nombreux virages. Je suis devenue plus égoïste aussi, avec le temps. Je n'ai plus le choix : si je veux durer, je dois me ménager ou, du moins, m'entraîner intelligemment. Alors, j'assume désormais de faire ma rate de temps en temps.

On ne se parle pas mais il y a quelque chose qui passe pendant l'entraînement. Pas besoin de mots. Marc donne les consignes, on exécute, l'harmonie se crée. Mon frère nous appelle les coucous, nous les handis, parce que les coucous s'installent dans des nids déjà faits, comme on s'inclut dans les lignes d'eau tracées par les valides. J'aime bien ce mot-là. C'est mieux que l'aigrette, avec son gros corps et ses grandes pattes toutes fines. À bien y penser, je suis peut-être cet oiseau-là : un coucou-aigrette dans la trace de ces jeunes albatros. Et je sais déjà que le plus difficile, quand j'arrêterai de nager, sera de retrouver un nid qui me permettra de continuer à prendre autant de plaisir à nager. Oui, indéniablement, ils me manqueront ces gamins.

Mais ce n'est pas toujours tendre pour autant. Marc nous emmène parfois dans des zones très difficiles. Je suis tendue, concentrée au maximum. Il suffit alors d'une parole, d'un geste, d'un nageur qui ne s'est pas poussé, et j'explose : « *Tu dégages !* » C'est plus fort que moi, je ne peux pas m'en empêcher : dans l'eau, je suis un animal. Je m'excuse après. Ils me répondent : « *Non, non, c'est normal, j'étais un peu au milieu.* » Le plus souvent, ils ne m'en veulent pas.

Je ne suis pas quelqu'un de gentil. Mon cousin Olivier est gentil, il est bienveillant avec tout le monde. Je ne suis pas méchante non plus. J'ai de l'empathie, je peux compatir, mais si quelqu'un est con, je ne vais pas tendre la joue. C'est peut-être pour cela que je suis athlète de haut niveau. Dans le sport de haut niveau, tu ne peux pas te permettre de laisser s'exprimer la bienveillance ou l'empathie. Si ton adversaire en bave, tu ne peux pas t'arrêter et lui proposer : *« Tu veux que je t'aide ? »* Tu ne vas le charger non plus, en lui disant : *« Bien fait. »* Non, mais tu continues ta course, ton entraînement, et tu ne culpabilises pas. Cette attitude, c'est le sport qui te l'apporte.

Pourtant, j'ai dû me battre pour retrouver mon âme de guerrière. Devenir maman m'avait attendrie, ramollie. Mes enfants m'avaient forcée à assouplir mon caractère exigeant, combattant. Avec les enfants, tu dois fixer les limites, poser un cadre, mais tu dois aussi t'efforcer de les comprendre pour avancer sur le plan pédagogique. Tu dois apprendre à négocier, à transiger, à faire des concessions et des compromis ; parfois même à lâcher prise... Ça assouplit le cerveau. Et quand tu ramollis, c'est la peur qui arrive : tu crains pour eux, tu as des doutes, tu as peur d'avoir mal agi ou mal réagi. Or, dans le bassin, tu n'avances à rien avec un tel état d'esprit. C'est mon âme de compétitrice, de battante, qui me fait me lever le matin, qui me permet d'enchaîner les longueurs sans broncher, qui fait que je ne tremble pas dans ma ligne d'eau, au moment du départ, même si je sais que j'ai plus fortes que moi en face.

Mon mariage avec Fred, en juillet 2022, a aidé à poser les choses aussi. On est mari et femme, c'est officiel. Maintenant, je me sens réellement chez moi dans la maison de Juigné, alors que ce n'était pas le cas avant. Ça amène de l'équilibre à tout le monde. Comme le fait d'être passée cadre A – je suis aujourd'hui référencée handicap au département du Maine-et-Loire et totalement épanouie –, ça fixe les choses avec les collègues. On travaille d'égal à égal. Dans tout ce que je fais, je ne cherche pas à occuper une position supérieure, je veux seulement être à ma place et considérée à mon juste niveau.

Maxime ne fait plus partie de l'équipe. Après les Jeux de Tokyo, quand il a fallu reprendre le travail en septembre, nous avons réalisé que nous n'étions plus sur la même longueur d'onde sur notre manière de travailler. Il souhaitait conserver tous ses champs d'action ; moi, de mon côté, je voulais redistribuer les compétences au sein de l'équipe, car j'avais constaté que les autres membres – je pense à Jacky notamment – restaient en deçà de ce qu'ils pouvaient m'offrir. Nous avons vécu une belle histoire, mais il était temps pour nous désormais d'emprunter des routes différentes.

Le départ de Maxime rebat les cartes au sein de l'équipe. Marc est désormais mon seul entraîneur. Il fait appel à Martin pour assurer ma préparation physique. Il est tout jeune et débute dans le métier après avoir été formé à l'Ipsa, l'école de Jacky. Je continue mes cours de pilates avec Karine, et Jacky s'occupe de mes étirements. Je consulte aussi Hélène, la sœur de Jacky, qui est énergéticienne. Chacun ses croyances, mais à moi, elle me fait énormément de bien. Il y a aussi Lou, la diététicienne-nutritionniste, et Théo qui s'occupe de mes réseaux sociaux.

Richard devient mon préparateur mental exclusif. Il a compris le fonctionnement de mon cerveau et a trouvé les bonnes techniques. Il me crée une prépa mentale adaptée à ma pathologie, à la personne que je suis, à mes colocataires, à mon QI. Tout cela dépasse une prépa mentale que tu apprends à l'université. Il travaille d'autres circuits dans mon cerveau, car il me dit que ça ne sert à rien d'emprunter les mêmes chemins neuronaux. Ses méthodes sont basées sur des répétitions de mouvements, de rythmes, sur l'apport de la musique. Ça fait du bien d'être considérée intellectuellement.

Grâce à lui et à son travail, je ne suis plus la même. Moi, la bordélique, j'ai appris à ranger. Ensemble, on a remarqué, qu'avant, à chaque fois que je mettais de l'ordre chez moi, c'était parce que je m'apprêtais à quitter un homme, que je déménageais. Maintenant, j'ai besoin de ranger régulièrement. Je ne supporte plus le désordre. Le bordel m'oppresse, alors qu'avant, le linge qui traînait, je ne le voyais pas. Quand je rentrais de compétition, je posais mon sac et j'attendais une semaine avant de le vider. Maintenant quand je rentre, je lave, je range. Tout est à la même place dans le sac, ça va super vite et ça me soulage.

Richard m'a appris à ne plus stresser, à ne plus réagir au quart de tour et à me montrer plus ouverte. Koen et Samy en ont été bluffés lors d'une Coupe du monde. Lorsqu'on s'est aperçu que ma valise n'avait pas suivi, ils se sont dit : *« Claire n'a pas sa valise, c'est mort. »* Moi, détendue : *« Je l'aurai quand ma valise, Samy ? »* Je n'ai pas paniqué car mon bagage à main était bien fait : j'y avais mis ma brosse à dents, mon maillot de bain – l'essentiel. Avant, je me serai fermée comme une huître, et les gens auraient pu croire que je faisais la tête. Aujourd'hui, je comprends davantage ma pathologie et j'arrive à la gérer de mieux en mieux.

Richard m'a surtout permis de mettre un nom sur ce qui me causait tant de tracas depuis mon enfance, qui créait ma différence, qui me contraignait à l'isolement, qui expliquait aussi le décalage que je pouvais ressentir dans certains groupes d'entraînement. Le trouble déficitaire de l'attention éclaire beaucoup de choses : mes difficultés à me concentrer, mon hyperactivité et mon impulsivité. C'est d'ailleurs certainement aussi grâce à lui que j'ai réussi : le sport, l'action sont bons pour moi. Ils canalisent mon esprit. Comme le casque que je n'hésite plus à mettre sur mes oreilles quand j'ai besoin de m'isoler durant les stages avec l'équipe de France, par exemple. À 55 ans, j'ai enfin des explications. Et je mesure la chance, finalement, que j'ai eue de rencontrer Fred qui m'a poussée à reprendre la compétition, à recommencer à nager avec Marc, de faire la connaissance de Richard… Si je n'avais pas repris le sport, j'ignorerais encore qui je suis vraiment. À vingt ans, on n'avait pas le temps de disséquer tout ça. Alors qu'à cinquante ans, pour performer, il fallait en passer par là.

Grâce à mon préparateur mental, je réalise que je ne suis pas barjo et que le côté atypique de ma personnalité a une explication. Alors que je me suis considérée longtemps comme quelqu'un de lambda, d'inférieur aux autres, Richard, lui, me rassure. Je me dis que je ne suis peut-être pas si bête. Je prends de l'assurance dans mes relations aux autres, mais aussi dans mon boulot, lorsqu'il s'agit de rencontrer des directeurs et des présidents, et de m'affirmer. J'ai l'impression d'être moins maladroite et de moins rentrer dans le tas.

J'en ai enfin fini avec ce sentiment qui m'a accompagnée toute ma vie de ne jamais me sentir à ma place : dans la cour d'école car je courais plus vite que les autres ; chez les valides car je portais déjà en moi le handicap ; chez les handicapés car j'ai nagé avec les valides ; même en couple… Aujourd'hui, je peux le dire : je suis à ma place. Je suis mariée à un homme que j'aime ; j'adore mes enfants, qui me le rendent bien ; je suis mamie ; je m'épanouis au travail…

Le seul endroit où je ne suis pas à ma place, c'est en S9. Je suis vraiment une S8 : on m'oblige à évoluer en S9, mais je suis une S8 ! Quand je regarde les nageuses dans les autres lignes d'eau, j'en suis convaincue. Je peux comprendre que ça puisse être perturbant d'avoir une athlète comme moi qui, à plus de 50 ans, est classée dans le top 10 mondial. Mais la vérité est que je suis une ancienne athlète de haut niveau. J'ai prouvé que j'avais les ressources pour aller toucher les anneaux olympiques. Et trente-cinq ans plus tard, ce n'est pas de la fausse modestie que de reconnaître que j'ai peut-être de beaux restes.

Après mon retour en S9, moi aussi, j'ai parfois douté. Peut-être mon handicap n'est-il pas si lourd que ça ? Mais la réalité, c'est que tous les matins, je dois mettre mes attelles, car sans elles, je ne tiens pas debout. Et mon âge n'a rien à voir là-dedans. C'est bien mon handicap qui évolue et non pas, comme certaines personnes ont pu le sous-entendre, que les classificateurs ont du mal à faire la différence entre ma vieillesse, mon âge et ma pathologie… Je ne prendrais pas deux centimètres de muscles en haut, et rien en bas, si ce n'était que la vieillerie. Je suis vieille mais handicapée avant tout. C'est pour cela, qu'après Tokyo, je n'avais aucun doute que j'allais bientôt retourner en S8, à la faveur de la prochaine classification…

UNE FLAMME INTACTE

« Je suis heureuse. Aujourd'hui, je sais que même avec un colocataire indésirable, on peut encore faire de belles choses. Il me reste mille vies à vivre.

« Ce n'est pas fini tant que la cloche n'a pas sonné. » Mon frère Marc m'envoie tous les jours une citation tirée de la série des *Rocky* pour me motiver et m'encourager à ne rien lâcher. Trois dates, trois chances : c'est tout ce que j'aurais pour espérer décrocher une place aux Jeux de Paris : en avril, le championnat d'Europe ; en mai, les France ; en juin, la Coupe du monde. Mon ultime cartouche si les choses tournaient mal.

Je suis lucide, mes chances sont minces. Je me remets tout juste d'une longue traversée du désert dans laquelle j'ai laissé beaucoup de forces. « Ce qui compte, ce n'est pas le nombre de coups que tu peux donner, mais le nombre que tu peux encaisser tout en continuant à avancer. » C'est une autre citation de Rocky. Le moins que l'on puisse dire, c'est que celle-ci, elle me parle. Décembre 2023. La vie m'envoie un violent uppercut, lors d'un meeting à Rennes. À cette période, je suis en pleine forme et je réalise des temps canons à l'entraînement et en compétition. Je nage le 400 mètres en 4'58" et me rapproche doucement mais sûrement des minima olympiques.

J'ai terminé mon échauffement et dans quelques minutes je vais prendre le départ du 50 mètres. Je suis sur le bord du bassin, quand soudain, je tombe en arrière, comme si un lutin m'avait fait un croche-pied. J'ai le souffle coupé. Impossible de me relever. Mon bras gauche a amorti la chute et mon poignet me fait atrocement mal. Sophie, une entraîneuse que je connais car on nageait ensemble dans nos jeunes années, vient à ma rescousse et m'accompagne pour m'aider à ôter ma combinaison. Elle a compris la nature des images qui défilent dans mon cerveau et, avec toute sa prévenance, tente de me rassurer : *« Ne t'inquiète pas. Ne va pas trop loin dans ta tête. »* Les pompiers arrivent rapidement et me transportent à l'hôpital. La radio met fin au suspense : fracture du radius.

Pose d'un plâtre. Le médecin m'annonce de six à huit semaines d'immobilisation, durant lesquelles je n'aurai pas le droit de mettre un orteil dans l'eau. C'est un coup dur qui pourrait bien hypothéquer mes chances de sélection. Mais pour le moment, je n'y pense même pas, tellement j'ai mal.

Tomber et se relever tant que la cloche n'a pas sonné. La douleur s'estompe un peu et je retrouve de la combativité. Au bout de dix jours, les médecins remplacent mon plâtre par une résine. Sept jours plus tard, je suis de retour dans l'eau, un bras dedans, l'autre dehors. Je continue à m'activer. Je fais de la marche sur un tapis de course, du vélo. Le moral est bon. Le 18 janvier, juste avant de partir en stage « collectif performance » aux Canaries, sous l'égide de la fédération, c'est la délivrance : libéré, délivré, le poignet ! Je recommence à tourner mon bras. Je suis bien là-bas. Il me reste trois mois pour retrouver mon niveau et m'aligner aux championnats d'Europe, qui se dérouleront au Portugal. Ma première chance de qualification. La Fédération française handisport l'a identifiée comme la compétition de référence 2024. C'est un passage obligé pour n'importe quel nageur qui vise les Jeux. Ne pas y participer reviendrait à stopper net mon chemin de sélection.

Mes espoirs vont être vite douchés. En avril, à Madère, je vais vivre un enfer. Il est prévu que je cours le 100 et le 400 mètres. Mais à peine arrivée, je casse une orthèse. Je ne peux plus marcher et je vais devoir me déplacer en fauteuil durant toute la compétition. Privée de mouvements, je perds en dynamisme. Vingt-quatre heures plus tard, je tombe sérieusement malade. J'ai attrapé une bactérie. Pourquoi, comment, je n'en sais rien, mais je ne peux plus m'alimenter. En à peine quelques jours, je perds deux kilos. Je me présente quand même au 400 mètres. Rien ne va plus. Devant les juges et je m'aperçois que j'ai perdu mon accréditation. Je préviens Guillaume, le responsable de la fédération, qui me dit : *« Tu ne peux pas nager »*, et part à la recherche de mon laissez-passer. C'est brutal. Finalement, je montre mon passeport, les juges me connaissent, ils me laissent entrer. Après l'attente en chambre d'appel, je me retrouve enfin derrière mon plot. Je plonge et… il ne se passe rien, rien du tout. Le colocataire n'a pas aimé ce coup de pression. Je n'ai plus de jambes, plus d'énergie, je suis défaite par ce stress qui vide et qui désorganise toute la coordination.

À mon retour en France, je suis épuisée. Je continue de perdre du poids, j'ai 8/5 de tension, je suis très lasse et je ne dors plus. Le médecin me prescrit quatre jours de repos et des médicaments contre l'anxiété. Avec toute l'équipe, et surtout Marc, Richard, Jacky et Hélène, on cherche des solutions pour me remettre à flot avant le début des championnats de France à Chalon-sur-Saône. Je m'accroche mais j'ai le sentiment que le combat est devenu inéquitable.

J'ai demandé à repasser la classification. Ma vraie place au sein des nageurs handicapés est et a toujours été en S8. Je viens d'essuyer un refus. Les instances internationales estiment qu'il n'y pas assez de preuves pour justifier un changement dans la nature ou le degré de mon handicap. À la suite de cette décision, les responsables de la Fédération française de natation handisport m'ont écrit que c'était, somme toute, une décision compréhensible, quand bien même elle ne remet pas en cause l'évolution réelle de ma pathologie dans le référentiel terrestre. Autrement dit, ils reconnaissent que sur terre, mon handicap a évolué de façon négative, mais pas dans l'eau. Comment peuvent-ils soutenir ce genre d'arguments ? Comment peuvent-ils dire que si mon handicap a progressé au point de me diminuer physiquement, il n'y a aucun impact dans l'eau ? Cela se voit aussi bien sur mes deltoïdes qu'au niveau de mes cuisses ! Quand je nage, mes appuis sont beaucoup moins forts qu'avant, et pourtant on travaille aussi dur. Pour moi, pour mon équipe, pour mes médecins, c'est une évidence que la pathologie a évolué ces derniers mois. La fracture du radius a provoqué une très grosse décharge de stress chez mon colocataire. Il n'a pas aimé du tout. Comme à chaque coup dur de la vie, il s'est réveillé et a encore gagné du terrain. Je le ressens au quotidien. Je suis beaucoup plus fatiguée et fatigable qu'avant. Je manque de régularité à l'entraînement. Je peux effectuer une très bonne séance puis passer complètement au travers le lendemain. Mes repères ont disparu.

Le paradoxe, en apparence, c'est que ce que je fais en compétition n'est pas le reflet de ce que je réalise à l'entraînement. Dans mes bons jours, mes temps me laissent tous les espoirs d'approcher les 4'55". Mais voilà, l'entraînement, ce n'est pas un 400 mètres enchaîné de bout en bout. On fractionne la distance. En compétition, le colocataire n'a pas ce petit temps de récupération nécessaire. Je ne parle pas de la fatigue normale liée à l'endurance et qui s'intensifie naturellement au fur et à mesure des efforts produits, mais de la fatigabilité occasionnée par la répétition de mouvements propres aux maladies neurologiques. C'est toute la différence. Ne pas prendre en compte ce paramètre dans l'évaluation de la nature et du degré de mon handicap est un non-sens. Il suffit d'observer mes courses : je fais de très bons départs, je suis la première dans l'eau, j'ai un super temps de réaction, mais je ne ne peux pas maintenir le mouvement au-delà de trente secondes. Les virages me cassent. Les autres nageuses, elles, se servent de la poussée.

Il est temps que les instances internationales admettent que pour la classification des neuros, elles n'ont pas la solution. Imaginez : en février, elles ont classé S3 un de nos jeunes nageurs français, atteint d'une neuropathie congénitale, qui évoluait jusqu'alors en S5. En avril, il devient triple champion d'Europe. En juin, elles disent : *« On s'est peut-être trompées »*, et le remontent en S4 en plein parcours de sélection olympique ! Peu importe qu'elles aient fait une erreur, elles n'ont pas le droit de jouer au yo-yo avec les athlètes. Soit elles reconnaissent que leur système d'évaluation est défaillant, et dans ce cas les nageurs sont avertis, ils savent qu'ils peuvent se faire avoir, soit on fait des classifications à part pour les neuros. Peut-être faudra-t-il commencer en rendant obligatoires les électromyogrammes, les scanners, des examens qui donnent des résultats factuels ? Les malvoyants passent bien des tests oculaires ! Ce sera sans nul doute un vaste chantier, mais je suis convaincue que la natation handisport a tout à gagner.

En mai, je joue ma deuxième chance de qualification. Je nage bien aux championnats de France à Chalon-sur-Saône, mais pas suffisamment vite pour espérer une sélection. Et certains comportements ne passent pas. Quand j'attends une heure en chambre d'appel, alors que d'autres nageuses arrivent seulement dix minutes avant le début de la course, se moquant bien du règlement, je trouve qu'il y a à redire. Moi, je suis réglo, je joue le jeu. Normalement, tu es disqualifié quand tu n'arrives pas à l'heure. Je le dis, on me répond que c'est parce qu'il fait chaud. Ce sont plein d'injustices qui m'agacent.

Après les France, le doute s'installe. Il me reste une dernière chance : la Coupe du monde, mais je suis au bout du rouleau et Marc ne sait plus quoi faire. Richard comprend que si nous continuons ainsi, nous allons droit dans le mur, et craint que cette fatigue ne déclenche une nouvelle poussée plus handicapante. Mon frère, et entraîneur, décide alors d'opérer un virage à 180 degrés en changeant les filières de travail. Il réoriente l'entraînement sur le 100 mètres, une distance plus courte et plus dynamique. Richard et Jacky adaptent leur préparation eux aussi. C'est ça ou je vais à la casse. Le matin, je gagne une demi-heure de sommeil. Les séances démarrent désormais à 7 h. À la place des traditionnels exercices chronométrés, Marc propose des relais avec les autres membres du groupe d'entraînement. Tout le monde se donne à fond et c'est d'un seul coup beaucoup plus ludique. Je retrouve de la fraîcheur et du plaisir dans l'eau, et je pense que cette nouvelle façon de travailler fait du bien à tout le monde. Tous les jours, je reçois mon mantra *made in Rocky*.

Et puis il y a cette parenthèse enchantée, ce moment unique dans la vie d'un athlète qu'il m'a été donné de vivre. Le 28 mai, je prends place dans le bus qui transporte les porteurs de la flamme olympique et les dépose, les uns après les autres, au départ de leur relais. Mon mari Fred a été autorisé à m'accompagner. La ville d'Angers est en ébullition. Plus de 30 000 personnes ont pris place le long des six kilomètres et quelques du parcours. Quelques mois plus tôt, le maire avait proposé ma candidature et elle avait été acceptée. Je n'en avais pas réalisé tout de suite le sens ni la portée.

Je descends du bus sur le pont de Verdun. Ma famille, mes amis sont là ainsi que la foule, dense, immense. Mais je ne vois qu'elle : ma petite-fille Helena, à peine âgée de trois ans. Mon plus grand souhait était de partager ce moment avec elle. Elle est née l'année des Jeux de Tokyo, au début de l'été. Alors que ma deuxième carrière s'achève, Helena représente l'avenir et l'importance de la transmission. Elle me rappelle que peu importe le résultat dans les prochains jours, mon combat n'est pas fini. Quand ma petite-fille me voit, elle se précipite vers moi et m'offre son plus beau sourire. Le temps d'allumer ma torche, s'ensuivent 200 mètres de bonheur absolu, portée par les applaudissements et les encouragements. Dans une vidéo qu'on me fera suivre quelques jours plus tard, on entend des spectateurs s'étonner : « *Elle marche !* » J'ai envoyé l'extrait aux fabricants de mes orthèses pour les féliciter de la discrétion de leur produit et leur suggérer d'en faire un argument publicitaire !

Je crois que j'avais besoin de cette reconnaissance. Elle recharge mes batteries. Et quoi qu'en disent certains esprits chagrins, cette énergie partagée m'a fait un bien fou pour partir à Limoges. C'est une autre

Claire, plus sereine, gonflée à bloc, qui se présente à la dernière étape du chemin de sélection : la Coupe du monde.

La lassitude s'est envolée. Marc, Richard, Jacky et bien sûr Fred…, tous les quatre m'accompagnent dans cette dernière ligne droite et je sais que le reste de l'équipe est derrière moi. L'ambiance est curieusement détendue. Tous, mesurons l'importance de ce rendez-vous : c'est désormais quitte ou double, mais si cela doit être ma dernière course, autant la vivre dans la joie. Alors, on enchaîne les parties de pétanque dans l'appartement que nous occupons.

Parce que je suis dix-septième des séries, je me retrouve réserviste pour le 50 mètres et contrainte de me présenter en chambre d'appel : si des nageuses qualifiées déclaraient forfait, je les remplacerais au pied levé. Je ne mets pas la combinaison : il n'y a pas d'enjeu ; si je dois nager, ce sera en maillot de bain et en mode tranquille. Deux athlètes renoncent à se présenter. Une nageuse de la délégation française s'étonne de ma décontraction, au point qu'elle me lance un défi : *« Fais-le en papillon ! »* Le papillon, c'est un clin d'œil à mon ancienne carrière de nageuse valide. À ma sortie de l'eau, une juge me glisse : *« Toi, on t'aime. »* Demain, je nagerai le 400 mètres de ma vie. Mais aujourd'hui, je veux juste casser les codes, mettre mon grain de folie dans ce système sclérosé aux ordres duquel nous avons toujours obéi, Marc et moi, comme de bons petits soldats.

Le dimanche, je suis sur le plot de départ du 400 mètres. Je n'imagine pas que ce soit la dernière, je pense qu'il faut que j'aille chercher la qualification ; qu'une fois le départ donné, je m'accroche à celle qui est dans la ligne d'eau à côté de la mienne ; que je vais avoir très mal, mais que tout ça, je sais faire ; et que quoi qu'il arrive, je dois nager cette course jusqu'au bout.

Je plonge. Mes jambes frétillent, elles vont dans tous les sens, mes battements sont irréguliers. Le colocataire a décidé de nager cette ultime course de haut niveau avec moi. À l'arrivée, je réalise une seconde de mieux que le matin, mais ce n'est pas assez rapide pour atteindre les minima olympiques. C'est fini, je n'irai pas à Paris : cette fois-ci, la cloche a sonné. Je sors de l'eau fière, digne car je n'ai pas triché, pas molli, j'ai tout donné. J'ai le sourire aux lèvres au point qu'une nageuse pense que j'ai réussi à faire le temps requis. Je tombe dans les bras de Richard, Jacky, mon frère et mon mari. Ils savent tous les efforts que j'ai accomplis depuis neuf ans. Je n'ai pas à rougir. Il n'y a pas de tristesse, seulement du soulagement comme quand tu touches le mur après avoir tout donné. Ce n'est pas le résultat que j'escomptais, mais j'ai nagé de fort belle manière.

Je n'ai pas de regret et je pars sereine, même si je sais qu'il me reste encore des choses à digérer. Depuis 2021, je nage à contre-courant dans ce système. Lors de mon entrée dans le handisport, la maladie de Charcot-Marie-Tooth n'avait pas encore attaqué mes bras. Neuf ans après, tout mon corps est atteint et, pourtant, je n'ai pas changé de classe. Maintenant, je suis persuadée qu'il y a une raison à toute chose. Je me dis que si je n'avais pas connu ce petit passage en S8, je ne pourrais pas témoigner aujourd'hui. Mon histoire n'aurait pas été connue. À moi désormais de poursuivre le combat autrement. Après mon dernier 400 mètres, lorsque j'ai dit au revoir à la Fédération française handisport, le directeur sportif m'a félicitée pour mon parcours et, à la fin, il m'a dit en parlant également de mon frère : « *Tu sais, des personnes comme vous, peut-être qu'on pourrait travailler ensemble ?* » En partant, je lui ai lancé, un petit sourire aux lèvres : « *Oui, peut-être sur les neuros ?* » J'ai été très émue quand mes coéquipiers et coéquipières de l'équipe de France ont décidé de m'applaudir. J'ai mesuré à ce moment-là que mon histoire les avait peut-être touchés aussi.

Le dimanche qui a suivi, je n'ai pas nagé. Je suis allée marcher dans les vignes. Je n'étais pas seule. Il y avait Fred, mes enfants, ses enfants. Nous avons dégusté de bons produits du terroir. Nous avons ri. Beaucoup. Oui, j'aurais aimé faire les Jeux. J'en ai rêvé. Mais ce qu'il y a de plus important à mes yeux, ce sont toutes ces valeurs que j'ai développées pendant ces dix dernières années. Je suis heureuse. Il y a dix ans, je manquais de confiance en moi, j'étais en plein acceptation de mon handicap, j'étais fragile. Aujourd'hui je sais que même avec un colocataire indésirable, on peut encore faire de belles choses. Il me reste mille vies à vivre. Je veux transmettre les bienfaits du sport santé, continuer à soutenir la recherche contre la maladie de Charcot-Marie-Tooth, sensibiliser aux pathologies neurologiques, apprendre à nager à ma petite-fille, profiter de mon chéri, faire mon jubilé en réunissant le monde des valides et du handicap. Je veux aussi montrer aux femmes qui ont subi des violences conjugales qu'on peut relever la tête et se lancer des challenges. Tout est possible, envisageable, du moment qu'on est bien accompagné.

On ne peut pas être et avoir été. Je ne suis plus une nageuse de haut niveau. Aujourd'hui, je suis une femme, une épouse, une maman, une mamie, une amie, une collègue, une connaissance, riche de toutes les rencontres que j'ai pu faire et qui m'ont permis de m'épanouir. Fred, qui m'avait lancé ce défi improbable d'entrer dans l'histoire en devenant la première sportive française à faire les Jeux olympiques et paralympiques, sans savoir où il mettait les pieds, connaît maintenant la vie des athlètes de haut niveau. Quant à mes enfants, je leur laisse en héritage cette merveilleuse aventure sportive avec ses valeurs. Ils ont désormais les armes pour se battre contre les mauvais coups de la vie. Surtout, je suis fière de la maman que je suis devenue.

DISTINCTIONS

- **2024** : Nomination au grade de Chevalier de la Légion d'honneur
- **1984** : Médaille d'argent de la jeunesse et des sports (à 16 ans)

PALMARÈS PARANATATION

- **2024 – Championnats d'Europe**
  - ▸ **Madère** : 9e – 400 m nage libre
- **2021 – Jeux Paralympiques**
  - ▸ **Tokyo** :
  - › 8e – 100 m papillon S9
  - › 11e – 400 m nage libre S9
  - › 13e – 100 m nage libre S9
  - › 15e – 200 m 4 nages individuelles SM9
- **2021 – Championnat d'Europe**
  - ▸ **Funchal** :
  - › 4e – 400 m nage libre S9
  - › 5e – 50 m nage libre S9
  - › 5e – 100 m nage libre S9
  - › 7e – 200 m 4 nages individuelles SM9

- **2019 – Championnat du Monde**
  - ▸ Londres :
  - › Médaille de bronze – 50 m nage libre S8
  - › Médaille de bronze – 100 m nage libre S8
  - › 4e – 400 m nage libre S8
  - › 5e – 100 m papillon S8
  - › 6e – 200 m quatre nages SM8
- **2018 – Championnat d'Europe**
  - ▸ Dublin :
  - › Médaille d'or – 50 m nage libre S8
  - › Médaille d'argent – 400 m nage libre S8
  - › Médaille de bronze – 100 m nage libre S8
  - › Médaille de bronze – 200 m quatre nages SM8

Records

- **Record du Monde**
  - › 100 m nage libre S8
- **Records de France S8**
  - › 50 m, 100 m, 400 m nage libre
  - › 100 m papillon
  - › 200 m 4 nages

Autres titres

- Un titre de championne de France toutes catégories, tous âges et tous genres confondus
- 10 titres de championne de France S8 toutes catégories
- 20 titres de championne de France S9 Maîtres

PALMARÈS « NATATION VALIDE »

- **Saison 2023-2024**
  - › Championne de France 200 m et 400 m crawl Maîtres C7 (55-59 ans)
- **Saison 2016-2017**
  - › Championne de France du 400 m et 1500 m crawl Maîtres C5 (44-49 ans)
- **Saison 2017-2018**
  - › Championne de France du 800 m crawl Maîtres C6 (50-54 ans)
  - › Vice-championne de France du 100 m papillon
- **Saisons de 1984 à 1988**
  - › Championne d'Europe par équipe avec le club de Clichy (92)
  - › Sélectionnée aux Jeux olympiques de Séoul en 200 m papillon
  - › Jeux Méditerranéens :
    - *2e – 400 m nage libre*
    - *Médaille de bronze – 800 m nage libre*
  - › 8 fois championne de France toutes catégories du 200 m papillon
  - › 1 fois championne de France toutes catégories du 100 m papillon
  - › Vice-championne de France toutes catégories du 400 m et 800 m crawl

Records

- **2024**
  - › Record de France Maîtres aux 200 m, 400 m, 800 m crawl C7 (55-59 ans)
- **2018**
  - › Record de France Maîtres au 800 m crawl catégorie C6 (50-54 ans)
- **1988**
  - › Record de France et meilleure performance française toutes catégories au 200 m papillon

En mémoire de mes parents, Annie et Joseph, et de mon entraîneur Jacques.

À mon frère Marc, pour ces neuf dernières années où nous nous sommes retrouvés, apprivoisés, aimés.

À mes enfants Greg, Alison et Steve, mes amours, mes forces, mes inspirations et mes fiertés.

À mon mari Frédéric, « Loulou », je suis devenue *Une femme avec toi* (Nicole Croisille), à ta maman et tes enfants.

À Richard, qui m'a conseillée et encouragée à partager mon histoire.

À Christèle, « ma jolie plume », et Olivier mon adorable cousin... les piliers de ce livre.

Aux Éditions Ouest-France, pour leur confiance et leur soutien.

À mon oncle Jean-Paul, mon exemple.

Et... à toi Helena, ma petite-fille, notre futur, toi aussi pour toujours la première.

Dessins d'Olivier Supiot

Dessinateur et scénariste de bande dessinée, Olivier Supiot est aussi le cousin germain de Claire. Les Éditions Ouest-France lui ont donné carte blanche en l'invitant à illustrer son histoire. À travers six dessins, il porte un regard à la fois drôle, tendre et intime sur cette cousine bien-aimée à la personnalité hors du commun.

Éditions **OUEST-FRANCE**

Éditeur Vincent Lorant
Coordination éditoriale Isabelle Rousseau
Mise en page Virginie Barré
Photogravure Graph&ti, Rennes (35)
Impression SEPEC, Péronnas (01) - 08311240609

Édilarge SA, Rennes
ISBN : 978-2-7373-8981-8
Dépôt légal : septembre 2024
N° d'éditeur : 11076.01.1,3.09.24

Imprimé en France
editions.ouest-france.fr

IMPRIM'VERT®